Heidi Schmidt

Paulas Tagebuch 5

... wieder mal voll das Chaos!

FRANCKE
Verlag der Francke-Buchhandlung GmbH

Für meinen Kumpel Klaus Fischer,
der meinen Humor „auf Trab hält" ...

Bibliografische Information Der Deutschen Bibliothek
Die Deutsche Bibliothek verzeichnet diese Publikation in der Deutschen Nationalbibliografie; detaillierte bibliografische Daten sind im Internet über http://dnb.ddb.de abrufbar.

ISBN 3-86122-603-0

35037 Marburg an der Lahn
Umschlaggestaltung: Reproservice Jung, Wetzlar
Satz: Verlag der Francke-Buchhandlung GmbH
Druck: Wiener Verlag, Himberg, Österreich

4 Teens only

Vorwort

Gut ein Jahr ist vergangen, seit Paula ihr letztes Tagebuch beendet hat. Nun greift sie noch einmal zum Kugelschreiber, um uns an den reichhaltigen Erfahrungen ihres aufregenden Lebens teilhaben zu lassen. Und natürlich dürfen auch all die schrägen, weisen, nervigen und liebevollen Typen nicht fehlen, die wir schon aus ihren ersten vier Tagebüchern kennen. Da ist zum Beispiel die superfromme Familie Bartens, Paulas Freundin Carolin (die sie immer noch Coffee nennt, weil sie ihr Name an Caro-Kaffee erinnert), der etwas verrückte Christian, der Chorleiter Herr Schröder, Jürgen (Jugendkreisleiter), Paulas Bruder Nico und all die vielen anderen. In diesem Sinne: Viel Spaß beim Lesen!

Heidi Schmidt

P.S: Übrigens, noch mehr Infos über meine Bücher findet man im Internet unter **www.heidi-schmidt-buch.de.** Dort stelle ich auch die Aktion „Weihnachten im Schuhkarton“ vor, an der sich Paula in diesem Band beteiligt (diese Aktion gibt es nämlich wirklich). Es lohnt sich, da mal reinzuschauen!! (Finde *ich* jedenfalls ...)

Paulas Tagebuch 5

oder

Die erbaulichen, tiefgreifenden, phänomenalen Erkenntnisse einer geistlich unglaublich reifen und grenzenlos demütigen 17-Jährigen.

Montag, 8. Juli

Habe heute zufällig mein altes Tagebuch entdeckt, als ich mein Zimmer mal wieder so richtig ausmistete (Tante Olga kommt morgen zu Besuch und will „ein paar Tage" bleiben. Hoffe, sie bleibt nicht wieder drei Wochen ...). Als ich las, was ich so geschrieben habe, musste ich stellenweise echt lachen. Mann, war ich doch damals noch naiv und blöd! Wenn meine Urenkel das alles mal lesen, müssen sie denken, ihre Uroma war geistig vollkommen unterbelichtet! Habe deshalb beschlossen, noch einmal ein Tagebuch anzufangen, damit meine Urenkel merken, wenn sie dieses Tagebuch dann entdecken, dass ich wenigstens doch ein ganzes Stück reifer und weiser geworden bin (Die Oma von Sonja, die ins Krankenhaus musste, weil sie Sonjas Tagebuch gefunden hat, ist übrigens wieder fit. Angeblich ist ihr einfach so schlecht geworden, das hatte also gar nichts mit dem Tagebuch zu tun. Denke daher, dass ich es verantworten kann, noch einmal Tagebuch zu schreiben). Außerdem ist es sicher ganz nett, wenn ich in vielleicht zehn Jahren selbst noch einmal dieses neue Tagebuch anschaue und dann feststelle, dass ich schon mit 17 Jahren eine echte Persönlichkeit mit guten Ansichten war, die ihren

Gleichaltrigen schon viel voraus hatte (Na gut, vielleicht nicht allen. Aber wenn ich manche aus meiner Klasse sehe, dann denke ich schon, dass die im Vergleich zu mir noch sehr kindisch sind. Erst neulich meinte mein neuer Physiklehrer zu mir: „Paula, hier in der Klasse sind ja offenbar nur Nieten, aber du bist die *Größte!*" Verstand gar nicht, warum die anderen mich daraufhin so mitleidig ansahen. Wahrscheinlich wollten sie sich nicht anmerken lassen, dass sie mordseifersüchtig auf mich waren ...).

Seit meinem letzten Tagebucheintrag ist einiges passiert. Quentin hat im Mai seine Yasmin geheiratet (war 'ne total schöne Hochzeit!!), und Coffee ist mit ihrer Mutter letzten Sommer noch mal umgezogen. Jetzt wohnt sie zwar etwa 40 Kilometer weit weg, aber wir treffen uns immer noch hin und wieder und telefonieren zusammen. Sie ist übrigens immer noch mit Thomas Angermann, unserem Ex-Lehrer, zusammen. Trotz des Altersunterschiedes (12 Jahre). Hätte echt nicht gedacht, dass das mit den beiden hält! Coffee hatte auch zeitweise Zweifel, als Thomas für ein halbes Jahr nach Nürnberg gezogen ist, weil seine Mutter pflegebedürftig war (die Mutter ist übrigens inzwischen gestorben). Da hat

Coffee immer wieder Angst gehabt, er könnte sich vielleicht in eine andere verlieben! Also ehrlich, die Beziehung kann doch nicht die beste sein, wenn man so wenig Vertrauen zueinander hat! Ich habe ihr immer wieder gesagt, dass Thomas doch seine guten Gründe hat, in Nürnberg zu sein (nachdem ich zu der Ansicht gekommen war, dass die beiden vielleicht doch ganz gut zusammenpassen), weil er seine Mutter pflegen musste, aber Coffee war erst wieder so richtig glücklich und unheimlich erleichtert, als Thomas wieder zurückkam.

Ich bin natürlich auch noch mit Sascha zusammen, dem goldigsten und besten Typen der Welt! Ich bin mir sicher, dass *uns* nie etwas trennen kann, nichts und niemand auf der ganzen Welt! Dafür würde ich meine Hand ins Feuer legen! Sascha ist einfach wie für mich gemacht, und ich denke, er sieht das genauso. Ich würde jedenfalls nie an ihm zweifeln (so wie Coffee an ihrem Thomas). So was finde ich echt albern - zumindest in einer guten Beziehung!

So, nun muss ich mich aber beeilen, um den Rest meines Zimmers noch aufzuräumen. Ich will nämlich nachher noch mit meinem Schatz essen gehen. Sascha hat mich eingeladen und gesagt, dass er mir was ganz

Wichtiges sagen muss! Bin schon wahnsinnig gespannt!!!!!!

Dienstag, 9. Juli

Habe die halbe Nacht geheult. Sascha hat mir gestern Abend gesagt, dass er für ein Schuljahr nach Amerika geht, und er fliegt schon in drei Wochen, weil er dort vorher noch seine Tante besuchen soll (also, bevor er in seine Gastfamilie kommt!). Ich war völlig fertig, als ich das hörte!!! (Er meinte, das hätte er geahnt, und deshalb hätte er auch vorher noch nichts gesagt, obwohl er sich schon 1 ½ Jahre damit beschäftigt und darauf vorbereitet hat!!!) Ein Jahr ohne Sascha (na ja, mindestens zehn Monate)! Das übersteht unsere Beziehung doch nie! Der sucht sich da bestimmt 'ne ganz tolle Amerikanerin, so eine von diesen „Beverly-Hills-Tussis"! So eine steinreiche Millionärstochter, und die heiratet er dann und bleibt für immer in den USA! Warum tut er mir das an??? Sascha meinte zwar, dass wir doch wie füreinander geschaffen seien und nichts und niemand uns trennen könne und ich solle mehr Vertrauen zu ihm haben – aber man weiß doch, wie das ist ...! Wenn der erst mal zwei Monate von mir weg ist und vielleicht von lauter total umwerfenden Mädels angebaggert wird, dann schafft er es bestimmt nicht, mir treu zu sein! Er ist ja schließlich auch nur ein Mensch! *Gott, kannst du das nicht irgendwie verhindern, dass er da hinkommt? Ich meine, die könnten ihm doch ein Telegramm schicken, dass seine Gastfamilie es sich plötzlich anders überlegt hat und jetzt niemanden aufnehmen will! Ich meine ja nur ...*

16.00 Uhr. Eben ist Mama losgefahren, um Tante Olga (77 und zur Zeit auf einem „Wie-verkuppele-ich-Nico-mit-einer-christlichen-Frau-Trip", was Nico wahnsinnig auf die Nerven geht) vom Bahnhof abzuholen. Nachdem Tante Olga im letzten Jahr innerhalb von drei Monaten acht Unfälle gebaut hat (bei denen zum Glück niemand schwer verletzt wurde), fühlte sie sich endlich „vom Herrn geführt", ihren Führerschein abzugeben. Das hat den enormen Vorteil, dass sie uns nicht mehr unangemeldet besuchen kann, und den enormen Nachteil, dass sie nun immer für mehrere Tage bleibt, damit „sich die Fahrt von und zum Bahnhof auch lohnt"! Obwohl wir ihr schon tausendmal versichert haben, dass es uns wirklich rein gar nichts ausmacht, dass es uns sogar ein „inneres Missionsfest" wäre, sie auch am gleichen Tag wieder zum Bahnhof zurückzubringen, lässt sie sich nicht von ihrer Meinung abbringen. Seufz ... Oh, ich glaube, sie kommt ...

20.00 Uhr. Der Nachmittag mit Tante Olga war ausnahmsweise mal ganz witzig. Beim Kaffeetrinken erzählte sie, dass ihr im Zug ein Betrunkener mit einer Weinflasche gegenübersaß. Sie sagte dann zu ihm: „Junger Mann, wenn Sie weiter so trinken, werden Sie ganz sicher nicht alt!" Darauf er: „Ja, ich sage auch immer, ein guter Tropfen hält jung!" Tante Olga meinte dann etwas energischer: „Nein, ich meine, Sie müssen umkehren von Ihrem Weg, Ihr Weg geht direkt ins Verderben!" Und da lallte der Typ: „Mist, hab' ich also schon wieder den falschen Zug erwischt!", und stieg an der nächsten Haltestelle aus, der Arme. Musste echt lachen (woraufhin Tante Olga mich ansah, als würde sie denken, dass *mein* Weg ebenfalls „direkt ins Verderben geht" ...).

Als sie kurz darauf mal wieder damit anfing, dass sie in ihrer Gemeinde so eine „nette, anständige, tief gläubige und redliche junge Dame" kennen gelernt habe (die ihre - natürlich langen! - Haare und Röcke stets sehr „keusch und züchtig" trage) und ob Nico diese Dame nicht einmal kennen lernen wolle (Tante Olga hatte „rein zufällig" ihre Adresse dabei), da meinte Nico ganz ernst: „Tante Olga, ich glaube, in dir wohnt zurzeit kein guter Geist! Weißt du denn nicht, dass Paulus immer wieder gesagt hat, dass es einem Christen wohl ansteht, wenn er sich wie Paulus jeglicher Lust zum Weibe enthalte und nur für das Wort kämpft ohne jeglichen Gedanken an so weltliche Dinge, wie einem Weibe zu gefallen?" Hatte Mühe, nicht loszuprusten. Ich liebe es, wenn Nico Tante Olgas Sprachstil imitiert! Tante Olga sah jedenfalls beschämt nach unten, als hätte Nico sie bei einer Todsünde ertappt. Den Rest des Tages verlor sie kein Wort mehr über dieses Thema.

Irgendwie ist das schon bekloppt: Nico hat Probleme, weil er keine Freundin haben will und eine haben soll, und ich bin völlig fertig, weil ich einen Freund habe und ihn vielleicht bald verliere ...

Mittwoch, 10. Juli

10.00 Uhr. Eben rief Frau Berger an, unsere Nachbarin. Sie ist Freitag mit ihrem Mann und ihrem älteren Sohn zu einer Hochzeit eingeladen und hat gefragt, ob ich nicht Lust hätte, auf den kleinen David (2 Jahre) aufzupassen. Habe natürlich sofort zugesagt, denn erstens ist David das goldigs-

te Kind, das ich kenne, und zweitens bekomme ich dafür auch „eine Kleinigkeit" (was bei Bergers erfahrungsgemäß mindestens 20 Euro sind, die ich bei meiner momentanen finanziellen Situation echt gut gebrauchen kann). Außerdem kann ich mir dann dorthin Sascha einladen, und sobald der Kleine im Bett ist, können wir es uns mal ganz ungestört gemütlich machen, ohne dass Mama alle zehn Minuten wegen irgendeiner Lappalie ins Zimmer reinplatzt, weil sie mich „unbedingt was ganz Wichtiges fragen muss". Wird bestimmt total super – einer unsrer letzten gemeinsamen Abende, bevor Sascha in die USA fliegt (also, *falls* er fliegt und die ihm nicht noch ein Telegramm schicken oder so ...)! Sascha ist bestimmt auch ganz begeistert, wenn ich ihm das heute Nachmittag erzähle!
19.00 Uhr. Bin ich froh, wenn Tante Olga endlich wieder abhaut! Musste den ganzen Tag mit ihr einkaufen fahren, weil sie „so dringend neue Kleider und das Nötigste zum Leben" brauchte, wie sie sagte. Wollte mich zu Sascha verkrümeln, aber der war gar nicht da, sondern einkaufen! Fuhr also mit Tante Olga in die Stadt (das heißt, Mama, die zum Arzt musste, setzte uns vor der Fußgängerzone ab und sammelte uns später

wieder ein). Als ich mit Tante Olga in einen Supermarkt ging, war sie zunächst ganz begeistert von der tollen Auswahl, aber dann packte sie mich urplötzlich am Ärmel und zerrte mich aus dem Geschäft, wobei sie einen Stapel Konserven umriss und immer wieder laut schrie „Der Feind, der Feind!" Dachte, jetzt spinnt sie komplett (vermutete, dass irgendein altes Trauma aus der Kriegszeit bei ihr hochgekommen ist) und war nur froh, dass mich keiner der anderen Kunden kannte. Als wir endlich draußen waren, war Tante Olga kreidebleich im Gesicht, als sei ihr gerade ein Monster begegnet. Fragte sie völlig perplex, was los sei. Sie keuchte: „Dieser Laden gehört dem Antichristen!"

Ich: „Wem??"

Sie: „Dem Antichristen! Lass uns bloß schnell weitergehen, Kind!"

Ich: „Wie kommst du denn auf so einen Kram?"

Sie: „Hast du nicht das große Plakat gesehen? Da stand: ‚Jetzt gibt es uns 666 mal in Deutschland!' 666! Die Zahl des Antichristen!"

War versucht, ihr zu erzählen, dass unser Schulbus ein Autokennzeichen mit der Zahl 666 hat, ließ es dann aber doch bleiben. Sonst hätte sie Mama womöglich den ganzen Abend die Ohren voll geheult, dass sie mich nicht mehr mit diesem Bus fahren lassen dürfe! Ging stattdessen mit Tante Olga in ein voll teures Kleidergeschäft, (in so einen Tante-Emma-Laden, in dem man immer das Dreifache des normalen Preises zahlen muss), weil Tante Olga partout da reinwollte. Die Verkäuferin belaberte sie dann so lange (erzählte ihr sämtliche Geschichten von sämtlichen Verwandten, woraufhin Tante Olga ihre ganze Lebensgeschichte erzählte ...), bis Tante Olga drei potthässliche Röcke, zwei Blusen und einen Strick-Unterrock aus dem vorletzten Jahrhundert für mich kaufte (den ich natürlich nicht haben wollte, aber schließlich annahm, um endlich den Laden wieder verlassen zu können). War echt froh, als Mama uns wieder abholte!!! Als ich sie fragte, warum Tante Olga ausgerechnet in so einen teuren Laden will, wo sie doch sonst eher geizig ist, lächelte Mama und sagte: „Ach weißt du, Paula, ich glaube, sie bezahlt nicht für die Ware, sondern für die Aufmerksamkeit, die ihr die Verkäuferinnen schenken, und für die Gespräche ..." Hm ...

Donnerstag, 11. Juli

War gestern Abend noch kurz bei Sascha (na ja, bis halb zwei nachts, worüber sich Mama gleich wieder aufregte. Echt albern! Schließlich bin ich schon 17, also quasi erwachsen! Da kann ihr das doch egal sein! Außerdem haben wir noch Ferien!). War echt schön. Haben stundenlang miteinander erzählt, etc. (was „etc." ist, schreibe ich hier lieber nicht rein, falls Tante Olga dieses Tagebuch versehentlich mal in die Finger kriegen sollte ...). Ich finde es total toll, dass Sascha sich der Jugendinitiative „Wahre Liebe wartet" angeschlossen hat, bei der man sich verpflichtet, bis zur Ehe nicht miteinander zu schlafen (wobei ich immer angenommen hatte, dass er in dieser Richtung schon jede Menge Erfahrungen hat; aber er hat mir versichert, dass er wirklich noch nie mit einem Mädel gepennt hat! Irgendwie sei er nicht so der Typ für „One-night-stands".). Ehrlich, finde ich voll gut! Besonders, weil das Sascha als Mann bestimmt nicht leicht fällt. Wegen den Hormonen und so. Ist bestimmt echt hart für ihn, besonders, wenn dann noch seine Kumpels vom Fußball mit ihren Bettgeschichten prahlen (Coffee hat mir ja früher ihre auch immer erzählt). Irgendwie tut er mir echt

Leid. Er lässt sich zwar nichts anmerken, aber er leidet bestimmt wahnsinnig (!!) darunter, dass er nicht mit mir ins Bett darf. Ich habe ihm schon gesagt, dass er es ruhig machen kann, wenn er die Spannungen nicht mehr aushält (ich würde es auch keinem weitererzählen), schließlich ist es ja nicht gerade christlich, wenn man sich selbst quält, oder? Er meinte nur lächelnd, da bräuchte ich mir keine Sorgen zu machen, er würde sein Versprechen schon einhalten. Aber ich bin mir sicher, dass er mir echt dankbar war, dass ich das gesagt habe ... Morgen bei Bergers (wenn wir David ins Bett gebracht haben), wäre zum Beispiel eine günstige Gelegenheit, sich mal ... so richtig nahe zu kommen. Erst können wir es uns ein paar Stunden gemütlich machen, so ganz romantisch bei Kerzenschein und Gummibärchen, und dann könnten wir ...! Natürlich *nur*, wenn Sascha es *unbedingt* will. Ansonsten bin ich natürlich auch hundertprozentig dafür, dass man bis zur Ehe warten sollte, wie ich noch einmal betonen möchte!!!
22.00 Uhr. Komme gerade vom Chor. Angela (19, unsere beste Altstimme) erzählte mir ausgiebig von ihrem schönen Urlaub: Sie war letzte Woche mit ihrem Freund Nils

allein (!) in Frankreich. Ich (völlig fassungslos): „Habt ihr dort etwa beide in *einem* Zimmer übernachtet?" Sie (als wäre es das Normalste der Welt): „Klar, ist doch das Normalste der Welt!" Ich: „Das finde ich aber nicht OK! Also, Sascha und ich warten bis zur Ehe mit so was! Wie sich das für Christen gehört!" Sie: „Warum gehört sich das für Christen so?" Ich: „Na, weil das in der Bibel steht!" Sie: „Wo denn?" Saß plötzlich in der Klemme. Ja, wo steht das denn eigentlich, dass man vor der Ehe nicht ...? Sagte aufs Geratewohl „In Hiob 13, 5", weil ich nicht wie der letzte Trottel dastehen wollte, in der Hoffnung, dass sich Angela diese Bibelstelle sowieso nicht merken kann. Muss unbedingt mal nachschauen, wo diese besagte Stelle in der Bibel wirklich steht!

Freitag, 12. Juli

11.00 Uhr. Eben rief Angela an. Sie meinte, ich müsse mich in der Bibelstelle gestern Abend vertan haben, sie hätte nachgeschaut. Mist! (Warum hat die bloß so ein gutes Gedächnis?) Als sie mich fragte, wo es denn nun wirklich stehen würde, dass man bis zur Ehe warten solle, meinte ich nur, das wäre mir momentan entfallen und ich würde mich wieder melden, wenn es mir einfiele (oder sagte ich „*falls* es mir einfiele"?) ...

Sah kurz in meiner Bibel nach, was in Hiob 13,5 wirklich steht: „Es wäre besser, wenn ihr schweigen würdet, dann könnte man euch noch für weise halten!" Kam mir vor, als hätte Gott mir das persönlich gesagt! *Sorry, Gott, dass ich schon wieder den Superbibelkenner raushängen lassen wollte! Tut mir echt Leid!*

Aber wo steht jetzt eigentlich wirklich, dass ...? Muss unbedingt nachher Sascha fragen, der weiß das bestimmt! So, gleich muss ich zu Bergers! Wird bestimmt nett!

Samstag, 13. Juli

Bin echt sauer auf dieses blöde Kind! Bis abends hat David sich ja noch mustergültig benommen (wenn man mal von drei heruntergeworfenen Blumentöpfen, einer bemalten Tapete und zwei kaputten Tellern absieht), aber dann wurde er echt zur Nervensäge! Exakt zu dem Zeitpunkt, als Sascha kam und David schlafen sollte. Kaum hatten wir uns gemütlich hingesetzt, brüllte David wie am Spieß! Aber als mittlerweile erfahrener Babysitter lief ich nicht gleich hin, sondern wartete erst mal ab. Aber da die Wände sehr dünn und das Vierfamilienhaus unserer Nachbarn sehr hellhörig ist, ging ich nach sechs Sekunden dann doch hin. Wollte diesem Dreikäsehoch gerade eine Strafpredigt halten, als ich sah, dass er sein ganzes Bett voll geko ... ähm ... erbrochen hatte! (Irgendetwas von den Dingen, die er zum Abendbrot aß – Joghurt, Senf, Sahnetorte, Kartoffelchips, Cola, Eis, Hackbällchen, Paprika und Kiwis – muss nicht mehr ganz gut gewesen sein ...) Das stank vielleicht! Ich setzte den schreienden Bengel auf Saschas Schoß und versuchte verzweifelt, neue Bettwäsche aufzutreiben. Nahm schließlich ein Sofakissen und die Tagesdecke von Bergers Ehebett. Sascha schaffte es sogar, den Kleinen halbwegs zu beruhigen (nach etwa einer Stunde). Legte David schließlich wieder ins Bett, setzte mich etwas entnervt hin und fragte: „Sag mal, Sascha, wo genau steht in der Bibel ..." In diesem Moment setzte ein ohrenbetäubender Lärm ein, der aus Davids Zimmer kam. Raste schnell hin, weil ich dachte, der Deckenventilator könnte ihm auf den Kopf gefallen sein. Als ich die Tür öffnete, grinste mich David an, während er mit beiden Händen wie wild auf die Heizung trommelte, die sich neben seinem Bettchen befindet.

Ich verbot ihm das und meinte zu Sascha: „Vielleicht sollte ich dem Kleinen ein Schlaflied vorsingen?" Darauf Sascha: „Ich finde, du solltest es erst mal im Guten versuchen!" Manchmal kann er echt fies sein! Jedenfalls legten wir David wieder hin und setzten uns aufs Sofa. Kaum saßen wir, brüllte dieses Kind wieder! Rannte ins Schlafzimmer, um ihm gehörig die Meinung zu sagen, und stellte fest, dass er sich noch mal übergeben hatte, mitten über Tagesdecke und Sofakissen. (Hatte langsam den Verdacht, dass der das absichtlich machte. Vielleicht sind das aber auch schon erste Anzeichen von Bulimie.) Setzte David wieder auf Saschas Schoß (Sascha behauptete zwar, ihm sei gerade eingefallen, dass er dringend nach Hause müsste, weil seine Oma anrufen könnte, um sich noch mal von ihm zu verabschieden, bevor er nach Amerika fliegt, aber diese Vermutung fand ich um 23.00 Uhr abends dann doch eher unwahrscheinlich). Da ich immer noch nicht wusste, wo sich bei Bergers die Bettwäsche befindet, nahm ich kurzerhand ein Saunatuch und ein weiteres Sofakissen. David ging dann zum Glück relativ lieb ins Bett. Wollte mich gerade zu Sascha setzen, als mir plötzlich von dem penetranten

Gestank so übel wurde, dass ich mich übergeben musste (schaffte es zum Glück noch bis zum Klo). Ich setzte mich schließlich in die Küche und erholte mich etwas. Kurz darauf brüllte David wieder. Ich rief nur noch: „Sascha, geh du, ich halte diesen Gestank nicht mehr aus, falls er ..." Sascha ging also los, kam wenig später mit einem völlig durchgeschwitzten David auf dem Arm wieder und meinte: „Der Kleine hatte die Heizung auf die höchste Stufe gestellt!" Konnte David gerade noch umziehen, bevor Bergers von der Hochzeit zurückkamen. Echt ein toller Abend! Und als Belohnung habe ich noch nicht einmal Geld, sondern eine Schachtel Pralinen und eine „ganz tolle CD" (wie Frau Berger meinte) von den „Wiener Sängerknaben" bekommen ...! Bin echt sauer! Vor allem, weil Sascha die ganze nächste Woche (ab morgen) keine Zeit hat, denn da will er noch ein paar Verwandte besuchen, um sich zu verabschieden, bevor er nach Amerika fliegt, falls kein Telegramm kommt ...

Gott, das war einfach nicht fair: Ich opfere ganz selbstlos meine kostbare Zeit, um auf dieses nervtötende Kind aufzupassen, und zum Dank dafür geht alles schief! Dabei wäre es so eine günstige Gelegenheit gewesen, mal ganz ungestört zusammen ... erzählen zu können!

22.00 Uhr. Komme gerade vom Jugendkreis. Wollte Jürgen fragen, wo in der Bibel steht, dass man mit dem Sex bis zur Ehe warten soll. Hatte aber leider keine Gelegenheit dazu, weil Angela mich dauernd nervte, wo in der Bibel denn nun diese besagte Stelle stünde ... Hinterher hat Coffee, die mal wieder zu Besuch war (die Glückliche hat schon ein Auto!), mir die ganze Zeit von ihrem Thommi vorgeschwärmt. Sie fand es total albern, dass ich Sascha zutraue, dass er mir in Amerika untreu wird. Die hat gut reden! Ihr Thomas fliegt ja auch nicht nach Amerika (das mit Nürnberg war ja wohl was ganz anderes!!)!

Sonntag, 14. Juli

21.00 Uhr. Herr Bartens hat echt gewisse Qualitäten eines Brechmittels! Heute Abend in der Gemeinschaftsstunde machte er die Einleitung zum Thema „Von Gott begabt", die er mal wieder nur dafür benutzte, seine fünf Kinder (Matthäus, Markus, Lukas, Johannes und Pua) in den höchsten Tönen zu loben. Wenn man ihn reden hört, könnte man meinen, seine Kinder sind Engel in menschlicher Gestalt, die die Welt vor dem

Untergang retten werden und Jesus in fast nichts nachstehen. Gegen die scheint der Apostel Paulus der größte Heide aller Zeiten zu sein. Doch als ob diese Lobeshymnen nicht schon schlimm genug wären, machte er hinterher noch ein Interview mit Leuten aus unserer Gemeinde (seit ein Prediger von auswärts hier mal gesagt hat, es gäbe der Gemeinde ein besonders „weites Spektrum an geistlichem Potenzial", wenn man immer wieder mal „alle Geschwister den Herrn bezeugen ließe", hat Herr Bartens seine Meinung über solche weltlichen Methoden wie Interviews schlagartig geändert). Das wäre nicht weiter wild gewesen, wenn er nicht urplötzlich mir das Mikrophon unter die Nase geknallt hätte und mich in seiner „Achtung-jetzt-spricht-ein-wahrer-Christ-mit-dir"-Stimme gefragt hätte: „Und, liebe Schwester Paula, welche Gaben hat der Herr *dir* zuteil werden lassen?" War erst versucht zu behaupten, dass ich die Gabe der Prophetie, der Krankenheilung und der Geisterunterscheidung habe, um die Begabungen seiner Kids noch zu übertrumpfen, fand diese Antwort dann aber doch zu gefährlich, falls mir ein Kranker unserer Gemeinde das abkaufen würde. Außerdem wäre Gott vermutlich etwas überrascht gewesen, dass ich Gaben bei mir zu entdecken schien, die er mir nie gegeben hat. Stammelte schließlich: „Ich kann gut Inliner fahren … und Monopoly spielen … und anderen zuhören … und ihnen bei Problemen helfen!" Wollte erst noch mein besonderes Talent im Umgang mit Kindern erwähnen, dachte dann aber an vorgestern und ließ es bleiben. Herr Bartens sah mich an mit diesem Lächeln, das einem sofort klar macht, dass ihm diese Antwort nicht „geistlich genug" war. Wahrscheinlich schließt er mich wieder mal in sein Nachtgebet ein. Was soll's, kann ja nicht schaden. Zum Glück war die Predigt von Herrn Kamerau über das Thema „GGG - Gott gibt Gaben" echt gut, wenn auch kurz (das Interview hatte sehr lange gedauert, weil Herr Bartens auch seine Frau gefragt hatte, die etwa zwanzig Minuten über ihre Begabungen und die ihrer Kinder sprach – also diejenigen, die ihr Mann vergessen hatte zu erwähnen - und Herr Kamerau ist ja immer überpünktlich und würde niemals einen Gottesdienst überziehen!).

Montag, 15. Juli

12.30 Uhr. Eben rief Ottmar aus unserem Jugendkreis an und fragte, ob er mal zu einem „seelsorgerlichen Gespräch" bei mir vorbeikommen könnte, weil ich doch gestern gesagt hätte, dass ich so gut zuhören und bei Problemen helfen könne. Sagte natürlich sofort zu. Fühle mich irgendwie geehrt, dass jemand mich als Seelsorger aufsucht! Ich meine, wo ich doch überhaupt keine theologische Ausbildung habe! Aber wahrscheinlich ist es einfach meine christlich-freundliche, warmherzige und feinfühlige Ausstrahlung, die Leute dazu bewegt, sich mir anzuvertrauen. Bin richtig aufgeregt. Hoffentlich kann ich ihm helfen ...

17.00 Uhr. Puh, endlich ist Ottmar wieder weg! Echt nervig, dieser Typ! Er jammerte mir geschlagene drei Stunden vor, wie sehr ihn der Gottesdienst gestern Abend deprimiert habe, weil er seiner Ansicht nach keine einzige besondere Begabung hat. Nun wollte er von mir wissen, ob mir an ihm nicht schon mal eine besondere Begabung aufgefallen wäre. Ich überlegte echt stark, aber mir fiel beim besten Willen nichts ein. Sagte deshalb: „Ach Ottmar, mach dir nichts draus, auch wenn du total unbegabt, unbeliebt und manchmal ziemlich dämlich bist, Gott liebt dich trotzdem!" (Eine sehr liebevolle Antwort, finde ich.) Daraufhin brach er in Tränen aus, und ich dachte krampfhaft darüber nach, wie ich ihn aufmuntern könnte. Da sah ich auf dem Schrank eine Kasperlpuppe, die wir letztes Jahr in Kunst basteln mussten, und schlug ihm vor: „Versuch es doch mal mit Bauchreden!“ Er sah mich an wie ein UFO und meinte dann: „Mit dem Bauch reden?? Aber was soll ich denn meinem Bauch erzählen? Obwohl, ich habe schon mal gehört, dass Schwangere das auch machen und ihrem Kind im Bauch sogar Lieder vorsingen ...“ Es dauerte eine Weile, bis er begriff, was ich meinte. Schließlich probierte er es mit meiner Kasperlpuppe aus, ich verstand kein Wort, lobte ihn aber in den höchsten Tönen, um ihn endlich loszuwerden. Er strahlte wie ein kleines Kind und ging dann glücklich nach Hause. Nun will er ein Stück für den nächsten Familiengottesdienst einüben ... Zum Schluss meinte er: „Ach Paula, ich danke dir, du bist nicht in Gold aufzuwiegen!“ Fühlte mich echt geschmeichelt. Tja, ich denke, ich war als Seelsorgerin wirklich nicht übel. Vielleicht sollte ich eine Art „**S**eelsorgerlich-**c**hristliche **H**ilfe, **o**hne **K**osten, **o**ffen, **l**iebevoll, **a**ufbauend, **d**urchaus **e**rfolgreich“ mit eigener Homepage im Internet gründen (abgekürzt SCHOKOLADE; diese Abkürzung kann sich wenigstens jeder merken, zumindest jeder mit Problemen, weil man dann aus Frust ja sowieso dauernd Schokolade futtert) ... Werde Gott um Rat bitten!

Dienstag, 16. Juli

Bin mir nun sicher, dass Gott mich zur Seelsorgerin berufen will. Habe gestern gebetet, dass Gott mir ein Zeichen geben soll: Wenn mich heute irgendjemand in irgendetwas um Rat oder um meine Meinung fragt, dann soll das ein eindeutiges Zeichen sein, dass ich meinen Plan mit der „Seelsorge-Homepage" in die Tat umsetzen soll. Und ich habe dieses Zeichen tatsächlich bekommen: Beim Mittagessen fragte Mama: „Schmeckt's?" (OK, sie hat nicht mich persönlich angesprochen, aber ihr war ganz sicher auch meine Meinung wichtig darüber, ob das Essen schmeckte oder nicht!).

Danke, Gott! Ich freue mich echt darüber, dass ich nun bald ganz vielen Menschen zum Segen werden und ihnen bei ihren zahlreichen Problemen helfen darf! (Ich wette, auf so eine geniale und christliche Idee wie eine „Seelsorge-Homepage" sind noch nicht einmal die Bartens gekommen. Wie denn auch? Für die ist ein Computer doch der Inbegriff des Antichristen!)

17.00 Uhr. Erzählte nachmittags Nico von

meinem Plan (in der Hoffnung, dass er mir mit dem Erstellen der Homepage hilft, weil ich in solchen Dingen ziemlich dämlich bin). Nico sah mich an, als hätte ich gesagt, ich wolle den Papst heiraten, und fragte dann nur: „Und wer sagt dir, was du den Teenies dann antworten sollst, die dir ihre Fragen mailen?" Da er diese Frage offenbar ernst gemeint hatte, erzählte ich ihm von meinem Seelsorge-Erfolg bei Ottmar. Sagte schließlich: „Und Ottmar meinte, ich sei nicht in Gold aufzuwiegen!" Darauf Nico: „Stimmt, bei deinem Gewicht wäre das entschieden zu teuer!" Blödmann! Sagte ihm: „Du wirst schon sehen, dass ich eine Superseelsorgerin bin! Wahrscheinlich wird man erst nach meinem Tod richtig sehen, was ich alles getan habe - so ist das ja immer!" Darauf Nico: „Sei froh, dann bist du ja in Sicherheit!" Oberblödmann! Typisch Nico, er kann es nicht ertragen, wenn andere geistlich schon viel „weiter" sind als er und für ihre Mitmenschen eine echte Lebenshilfe sein können!

Schließlich half er mir aber trotzdem, eine „Domain" zu beantragen (den Namen www.seelsorgerlich-christliche-hilfe-ohne-kosten-offen-liebevoll-aufbauend-durchaus-erfolgreich.de fand er allerdings zu lang, und www.schokolade.de nicht wirklich eindeutig. Einigten uns schließlich auf www.paulas-seelsorge.de), und er gab mir ein Programm, mit dem man eine Homepage machen konnte. Habe mir vorgenommen, das Ganze echt stilvoll zu machen, nämlich in Gedichtform. Das ist wenigstens mal was Ausgefallenes. Werde gleich mal mit dem Dichten anfangen, dann kann ich heute vielleicht die Homepage noch fertig machen.

22.00 Uhr. Komme gerade von unserem Gebetskreis, wo ich laut betete (ich weiß nicht, warum, aber ich denke immer, dass Gott Gebete eher (er-)hört, wenn man sie laut betet): „Herr, ich danke dir, dass du mich zu deinem Werkzeug gemacht hast. Du hast mir klar gezeigt, dass ich von nun an als Seelsorgerin tätig sein soll. Dass ich nun Menschen in ganz Deutschland, ja, in der ganzen Welt helfen kann, mit ihren Problemen klarzukommen, dass ich sicher Menschen vor dem Selbstmord und Ehen vor dem Zusammenbruch bewahren werde! Danke, Herr, dass du gerade *mich* dafür ausersehen hast!" Schielte zwischendurch kurz zu Herrn Bartens hinüber, dem der Neid aus jedem Knopfloch spritzte. Hinterher gab ich noch allen meine Homepage-Adresse (wäre irgendwie Klasse, wenn beim nächsten Familiengottesdienst jemand von denen nach vorne ginge, um der Gemeinde zu erzählen, wie er durch mich vor einer großen Katastrophe bewahrt wurde ...) Schade, dass Herr Klein (unser Prediger) nicht da war; der hätte mir bestimmt voller Bewunderung gratuliert (obwohl ich natürlich nicht auf Anerkennung aus bin, wie gewisse andere Leute unserer Gemeinde ...).

Mittwoch, 17. Juli

Das mit dem Dichten ging doch nicht so schnell, wie ich gedacht hatte. Doch um 2.00 Uhr heute Morgen hatte ich dann endlich mein Gedicht fertig:

Hallo, du,
der du jetzt meine Homepage siehst
und dieses Gedicht mit Begeisterung liest:
Plagen dich vielleicht Sorgen?
Fürchtest du dich vor morgen?
Quälst du dich mit großen Problemen,
oder musst du dich für irgendwas schämen
und traust dich nicht,
was darüber zu sagen
oder andere was Peinliches zu fragen?
Schläfst du nur auf 'nem Nagelbrett?
Findet keiner dich echt nett?

Hast du dich in deinen Hamster verknallt,
oder findest du den Papst zu alt?
Hast du Probleme mit Untergewicht,
Läusen und Pickeln im Gesicht?
Fühlst du dich schon ganz elend und krank
beim Anblick deiner Klamotten im Schrank?
Bist du berühmt und fragst dich jetzt bloß:
„Wie werde ich meine Fans wieder los?"
Dann bist du auf meiner Website ganz richtig,
denn deine Probleme und Fragen sind mir wichtig!
Ich heiße Paula und hör' dir gerne zu.
Erzähl' mir, was dir lässt keine Ruh'!
Ich werde mir gerne Zeit für dich nehmen
und helfe dir dann bei deinen Problemen!
Drum trau dich und schreib, was dir auf der Seele brennt,
denn ich bin jemand, der sich mit Schwierigkeiten auskennt
und dir in allen Lebenslagen
antworten kann auf deine Fragen!

Also, wenn *dieses* Gedicht keinen anspricht, weiß ich auch nicht ... Dummerweise platzte Tante Olga gerade in *dem* Augenblick in mein Zimmer, als ich es in den Computer eintippte. Sie las es (neugierig, wie sie ist) und war zu meiner Verwunderung ganz begeistert, als ich ihr von meiner Seelsorge-Homepage erzählte. Sie meinte dann allen Ernstes: „Oh, Paula, Kind, das ist ja wunderbar, dass du unserem Heiland dienen und den Menschen in ihren Nöten helfen willst! Sicher wirst du viele zum Herrn führen! Und wenn du mal Rat brauchst, so kannst du mich immer fragen!" Das fehlte mir auch noch! Zum Glück fuhr sie abends wieder nach Hause!

Habe abends mit Nico zusammen (der dabei dauernd grinste, was ich überhaupt nicht verstehen kann!) noch die Homepage fertig gemacht.

Bis gespannt, wann die erste E-Mail kommt! Oh Mann, jetzt bin ich eine richtige Seelsorgerin! Ich wette, die Bartens werden jetzt platzen vor Neid und endlich mal merken, dass es noch andere Menschen gibt, die „echte, geistlich unheimlich reife Christen" sind!

Donnerstag, 18. Juli

Noch keine Mail. Habe aber abends beim Chor allen meine Homepage-Adresse gegeben. Unser Prediger Herr Klein meinte: „Das finde ich wirklich stark, dass du anderen helfen willst. Aber ist das nicht eine Spur zu groß für dich?" Ich: „Keine Angst, Gott selbst hat mich dazu beauftragt! Er hat mir ein eindeutiges Zeichen gegeben! Und Gott wird ja wohl wissen, was er tut!" Er: „Tja ... dann wünsche ich dir alles Gute! Wenn du mal einen guten Rat brauchst, kannst du dich vertrauensvoll an mich wenden!" Traut mir hier eigentlich niemand was zu??

Freitag, 19. Juli

Immer noch keine E-Mail. Zumindest keine ernst zu nehmende. Markus Bartens schrieb mir (der ist jetzt 13 Jahre, zumindest laut Geburtsurkunde. Wenn man ihn sieht, hat man eher den Eindruck, einen zu klein geratenen Heiligen vor sich zu haben, weil er immer so todernst ist. Wunderte mich echt, dass dieser Typ einen Internet-Anschluss hat!!! Na ja, vermutlich hat er das von einem Freund aus geschrieben. Der Absender war jedenfalls voll-die-droehnung@voll-der-aasgeier.de ... Klingt irgendwie nicht nach den Bartens):

„Liebe Schwester Paula! *(Bin ich eine Diakonisse?)*

Mein Vater hat mich in seiner Güte wissen lassen, dass der Herr dir das Joch der

Seelsorge auferlegt hat. Ich freue mich von Herzen (der kann sich *freuen*?), dass dir ein solch ehrenvolles Amt zuteil geworden ist, welches eine große Verantwortung mit sich bringt. Mögest du daselbst eine vollmächtige Magd im Weinberge des Herrn werden! Solltest du dich einmal mit deiner dir zugewiesenen Aufgabe überfordert sehen, so möchte ich dir als dein Bruder im Herrn in demütiger Bescheidenheit meine Hilfe anbieten. Möge der Herr dich segnen immerdar. Dein Bruder Markus Bartens."

So langsam reicht es mir: Keiner scheint mir zuzutrauen, dass ich eine gute Seelsorgerin bin – und das, wo mich Gott doch eindeutig zum Seelsorgedienst erwählt hat! Mailte dem Bartens-Sprössling kurz ein „Danke, kein Bedarf" zurück. Dieser Knirps soll mir helfen können? Dass ich nicht lache!

Abends rief Sascha an und sagte, dass er noch „eine Woche dranhängen" würde, weil er mit seinen Cousins gerne eine Segeltour machen wolle. So was Blödes! Denkt der denn gar nicht an mich?? Hoffe nur, dass seine Cousins wirklich seine Cousins und nicht irgendwelche Mädels sind (obwohl ich Sascha natürlich niemals zutrauen würde, dass er anderen Mädchen auch nur hinterhersieht!!).

Samstag, 20. Juli

22.00 Uhr. Komme gerade vom Jugendkreis. Jürgen erinnerte uns daran, dass wir in zwei Wochen wieder mal für die Gestaltung des Familiengottesdienstes zuständig sind, und er fragte, ob jemand eine gute Idee hat. Da meinte Ottmar allen Ernstes, er wolle die Predigt halten, und zwar mit seiner Bauchrednerpuppe (einer Wildschwein-Handpuppe, die er sich von seiner kleinen Schwester geliehen hat!). Er behauptete, ich hätte gesagt, dass er dazu ein ganz großes Talent habe, und so sagte Jürgen zu, dieser Wahnsinnige! Traute mich nicht klarzustellen, dass Ottmar zum Bauchreden so viel Talent hat wie ein Sumoringer zum Eiskunstlauf! (Sonst wäre Ottmar bestimmt in Tränen ausgebrochen, er ist ja sooo sensibel.) Ich bete lieber, dass Gott ein Wunder schenkt oder Ottmar eine starke Erkältung bekommt ...

Bot mich selbst als Seelsorgerin für Bekehrungsgespräche nach dem Gottesdienst an, aber aus irgendwelchen Gründen behauptete Jürgen, dass die Leute wohl im Fall des Falles lieber zu unserem Prediger gehen würden. Wette, er will mir nur nicht gönnen, dass sich durch mich Menschen bekehrt haben. Gab auf jeden Fall allen meine Homepage-Adresse.

Angela nervte mich schon wieder mit der Frage, warum man laut Bibel mit dem Sex bis zur Ehe warten soll. Konnte sie zum Glück immer ganz geschickt abwimmeln. Muss doch mal jemanden nach dieser Bibelstelle fragen.

Sonntag, 21. Juli

16.00 Uhr. Bekam heute meine erste ernst zu nehmende E-Mail!! Und zwar folgende:

„Liebe Paula!
Ich habe ein großes Problem! Meine Mutter hat vor einiger Zeit einen jungen Mann geheiratet, dessen Vater ich geheiratet habe. Nun ist meine Mutter gleichzeitig meine Schwiegertochter als Frau meines Sohnes. Mein Sohn ist gleichzeitig mein Vater als Ehemann meiner Mutter. Nun hat meine Mutter mit diesem Mann auch noch ein Kind bekommen, was das Chaos perfekt macht. Denn dieses Kind ist sowohl mein Bruder (als Sohn meiner Mutter) als auch mein Enkelkind (als Sohn meiner Schwiegertochter). Da aber die Oma meines Bruders logischerweise auch meine Oma ist, bin ich nun zwangsläufig meine eigene Oma!!! Wie soll ich mich jetzt bloß verhalten? Wie soll ich meine Fami-

lienmitglieder ansprechen? Meine Mutter (= meine Schwiegertochter) ist sehr altmodisch und will von mir nicht mit dem Vornamen angeredet werden. Mein Mann (= Vater meines Stiefvaters und damit mein Opa) wird sauer, wenn ich ihn mit „Großväterchen" anrede, und mein Stiefsohn will sich von mir nichts sagen lassen, weil er das als mein Vater (als Mann meiner Mutter) nicht nötig hat, sagt er!
Mein Enkel (= mein Bruder) kann zum Glück noch nicht sprechen. Bitte sage mir, was ich machen soll! Du bist meine letzte Rettung!
Deine Wilma Hillve"

Weiß echt nicht, was ich dazu schreiben soll!! Traue mich aber nicht, jemanden um Hilfe zu bitten ... Wenn wenigstens Sascha hier wäre! Hoffe, ich bekomme heute Abend in der Gemeinschaftsstunde einen guten Tipp, wie ich das Problem lösen kann ...

21.00 Uhr. In der Gemeinschaftsstunde ging es heute um das Thema „Illusionen - wenn wir mehr sein wollen, als wir sind". War ja ganz interessant, aber für mein Seelsorge-Problem völlig unbrauchbar. Warum kann Herr Klein nicht mal über Verwandtschaftsprobleme reden?

Gott, kannst du mir nicht heute Nacht einen Geistesblitz schenken, wie ich dieses Problem lösen kann? Bitte!!!! (Ich wette, Billy Graham musste sich nie mit solchen Problemen herumschlagen!)

Montag, 22. Juli

Mist, mir ist immer noch keine Lösung eingefallen ... Fühle mich mit diesem Problem ehrlich gesagt völlig überfordert. Warum muss auch ausgerechnet ich so einen bekloppten Brief bekommen? Warum hat mir zum Beispiel niemand geschrieben:

„Liebe Paula!
Seit Tagen kann ich nachts nicht mehr schlafen, mein schlechtes Gewissen treibt mich um, und wenn das so weitergeht, werde ich mich erschießen. Ich habe ein großes Problem, über das ich mit keinem sprechen kann. Ich bin Christ und habe trotzdem in einem Geschäft versehentlich eine Handtasche mitgehen lassen. Es war wirklich versehentlich! Ich merkte leider erst draußen, dass ich die Handtasche, die ich mir nur mal probehalber umgehängt hatte, noch immer über der Schulter trug. Was soll ich bloß tun? Wenn ich in den Laden zurückgehe, wird man mich für eine

Diebin halten, vielleicht sehen mich auch Leute, die mich kennen, und niemand wird mir mehr glauben, dass ich Christ bin! Behalte ich sie aber, dann bin ich wirklich eine Diebin und lebe fortan in Sünde! Bitte hilf mir, Paula! Du bist meine letzte Rettung! Ich kann diese Gewissensqualen nicht länger ertragen!! Beende mein Leid und sag mir, was ich tun soll!
Deine XY"

Bei so einem Brief hätte ich natürlich geschrieben: „Geh mit dieser Handtasche wieder in das Geschäft und ‚vergiss' sie dort unauffällig!" Und schon hätte ich dieser Frau das Leben gerettet! Aber nein, ich muss ja so blöde, komplizierte Probleme an den Hals kriegen!

(Gott, bitte, bitte gib mir doch endlich einen guten Einfall, was ich dieser Wilma Hillve schreiben soll!!!!)

Dienstag,23, Juli

Musste nachmittags zum Zahnarzt (zum Glück nur zur Kontrolle). Blätterte dort alle Klatschzeitungen im Wartezimmer durch und las die Leserbriefe in der Rubrik „Erzählen Sie unserer Psychologin Frau XY Ihre Probleme". Hoffte, dass jemand dort ein ähnliches Problem schildern würde wie Wilma Hillve. Leider waren dort nur Leute mit Problemen wie „Hilfe, ich habe mich in die Stimme der Telefonansage verliebt“ oder „Seit meiner Bananendiät habe ich O-Beine! Gibt es da einen kausalen Zusammenhang?“ Seufz ...

Kurz bevor ich aufgerufen wurde, kam Christian Heinemann ins Wartezimmer. Es ist für mich immer wieder unbegreiflich, wie so ein toller Typ wie Quentin so einen bekloppten Cousin haben kann! Nicht nur, dass Christian sich mindestens zehn Designerschals um den Kopf gebunden hatte (das sah vielleicht doof aus!) und fürchterlich stöhnte („Hach, das sind Schmerzen! Das glaubt keiner, dem das noch nie passiert ist! Das schmerzt noch mehr als mein Fahrradunfall vor fünf Jahren!“), nein, diesmal hatte er auch noch einen riesigen Teddybären (etwa 1,20 m groß) und einen Schminkkoffer dabei. Fragte ihn, was er damit vorhabe. Da meinte er: „Ach Paula, diesen Teddybären habe ich vor drei Tagen auf dem Rummel gewonnen, und das ist jetzt mein Glücksbringer! Wenn ich den nicht dabei habe, fühle ich mich nicht sicher! Und in meinem Köfferchen sind natürlich Schmerztabletten, was denkst du denn!“ Nun ja ...

22.00 Uhr. Heute Abend beim Gebetskreis fing plötzlich Herr Bartens an, für mich zu beten, einer „plötzlichen Eingebung folgend“, wie er hinterher behauptete! Er saß unglücklicherweise neben mir, legte seine Hand auf mich (was ich überhaupt nicht mag, zumindest nicht von diesem Blödian Bartens) und betete etwa: „Herr, du weißt, dass unsere Schwester Paula ein schweres Amt bekleidet, dass sie sich der Last und Bürde hingibt, den Verlorenen dein Heil zu verkünden. Herr, ich bitte dich, verleihe ihr einen starken Glauben, Erkenntnis, Weisheit und vor allem Demut, damit sie ein gutes Rüstzeug deiner Arbeit wird! Halleluja! Amen!“ Spürte wie ich knallrot wurde. Wie kommt der Typ darauf, dass Gott mir einen starken Glauben, Erkenntnis, Weisheit und Demut erst noch verleihen muss, damit ich ein „Rüstzeug“ (was auch immer das ist) werde? Das habe ich doch schon längst alles, vor allem Demut! Ich bin jedenfalls nicht so ein aufgeblasener Angeber wie er und protze nie mit meinen Gaben, geschweige denn mit denen meiner Familie (wobei ich da auch erst länger überlegen müsste, bis mir was einfiele ...)! Ich *glaube stark*, diesem Typ fehlt die *Erkenntnis*, dass es *weiser* gewesen wäre, wenn er *demütig* den Mund gehalten hätte!

Hinterher fragte mich Herr Klein noch, wie es mir mit meiner „Seelsorge-Homepage" ginge. Sagte „Alles bestens". Na ja, immerhin habe ich ja bis jetzt noch nichts Falsches geschrieben ...

Mittwoch, 24. Juli

Weiß immer noch keine Lösung. Nico fragte mich heute, ob ich schon eine „Problem-E-Mail" bekommen hätte (Was geht den das denn an?). Antwortete: „Ja, am Sonntag. Ging um ein Verwandtschaftsproblem." Er: „Und was hast du da geantwortet?" Wieso müssen Brüder immer so neugierig sein?? Sagte: „Ich habe noch nicht geantwortet ... weißt du, ich dachte, dass diese Frau dann denken könnte, dass ich sie gar nicht richtig ernst nehme, wenn ich gleich zurückschreibe. Als gute Seelsorgerin will ich mir für ihr Problem wirklich Zeit nehmen, damit sie sich auch verstanden fühlt und ..." Er (unterbricht mich): „Du weißt nicht, was du schreiben sollst, stimmt's?" Wusste, dass es keinen Sinn hatte zu leugnen. Nickte und Nico grinste von einem Ohr bis zum anderen. Blödmann! „Tja, die arme, arme Wilma ...", murmelte er noch und ging dann in sein Zimmer. Typisch, anstatt mir zu helfen, macht er sich nur lustig über mich! Von einem 19 Jahre alten christlichen Bruder sollte man echt mehr erwarten können, finde ich!

Donnerstag, 25. Juli

16.00 Uhr. Weiß immer noch keine Lösung ... Und Nico grinst immer nur dämlich anstatt mir mit Rat und Tat zur Seite zu stehen, wie es als Christ seine Pflicht wäre!

Bekam heute jede Menge E-Mails, z.B. von einem Axel:

„Liebe Paula!
Habe ein großes Problem bezüglich unangenehm riechenden Körperausdünstungen, die sich gelegentlich unterhalb meiner Schultern breit machen. Sobald ich eine schöne Frau auch nur sehe (zum Beispiel im Fernsehen), spüre ich, wie sich der Schweiß einen Weg durch mein T-Shirt bahnt. Doch auch wenn ich Männer sehe, werden meine Hände feucht und nach und nach auch der übrige Körper. Meine Kleidung wird binnen weniger Sekunden klitschnass. Das passiert mir auch, wenn ich Tiere sehe (z. B. Fliegen oder Ameisen), wenn ich esse, schlafe, putze, Auto fahre oder lese. Kurz gesagt, ich schwitze recht häufig, obwohl ich schon alle nur

denkbaren Mittelchen dagegen ausprobiert habe. Aber nichts hilft! Nun bist du, Paula, meine letzte Rettung! Bitte sage mir, was ich tun kann, um nicht mehr zu riechen wie ein Sack fauler Eier!
In Erwartung deiner Hilfe grüßt dich
Axel Nesse"

Hege die starke Vermutung, dass dieser Brief in Wirklichkeit von unserem ehemaligen Englisch-Referendar Martin Pumpel kommt, der mir unter einem Pseudonym schreibt. Jedenfalls stank der Typ ja damals auch so (obwohl er sich nach einem kleinen, sehr peinlichen Vorfall gebessert hat). Ansonsten bekam ich noch Mails von einem Klaus Doch (der aus unerklärlichen Gründen unter „Gesangbuch-Kleptomanie" leidet und in fremden Kirchen immer das Gesangbuch mitgehen lässt), einem Kai Nerda (der unter extremer Einsamkeit leidet, seit sein Goldfisch Jutta ihn für immer verließ, als er tragischerweise versehentlich ins Klo fiel), einer Jana Türlich (die Arme kann nie Nein sagen, wenn man sie um was bittet, und nun muss sie aufgrund von verschiedenen Versprechen gleichzeitig vier Kinder betreuen, einen Rasen mähen, auf eine Hochzeit gehen, einen Nobelpreis stellvertretend in Empfang nehmen und im Krankenhaus aushilfsweise ein paar Blinddärme entfernen!), einem Dominik Ahner (der mich fragt, ob seine mädchenabschreckenden Pickel ein göttliches Zeichen sein könnten, dass er Mönch werden sollte) und einem Helge Worden (der glaubt, eine Erleuchtung à la Paulus erlebt zu haben, als ihn beim Autofahren ein Sonnenstrahl blendete, und der nun nicht weiß, wo er mit seiner Mission beginnen soll). Finde ich echt stark, dass mir so viele Leute schreiben! Weiß allerdings nicht so recht, was ich auf diese ganzen Briefe antworten soll ... Vielleicht war das mit der Seelsorge-Homepage doch nicht so die ganz tolle Idee ... (Vielleicht meinte Mama mit „Schmeckt's?" ja auch alle anderen außer mir, weil sie wusste, dass es mir immer schmeckt ...) *Gott, zeige mir doch, ob ich mit der Homepage lieber aufhören soll!*

21.30 Uhr. Komme gerade vom Chor. Angela geht mir langsam echt auf die Nerven! Heute fragte sie mich schon wieder, wo genau denn steht, dass man bis zur Ehe warten soll, usw. Scheint ja regelrecht sexbesessen zu sein, dieses Mädel! Sagte, dass ich es nicht angebracht finde, zwischen den Liedern „Gut, dass wir einander haben" und

„Gib mir die richtigen Worte" über Sex zu reden. Ist doch wahr! (Zum Glück fragte sie mich dann später nicht noch mal ...)

Echt zu blöd, dass Sascha in die USA fliegt, wir brauchen nämlich im Chor dringend noch eine Tenorstimme, weil Holger, der sonst immer im Tenor mitsang, jetzt weggezogen ist (OK, Sascha ist nicht gerade ein musikalisches Genie, aber er hätte ja trotzdem mitsingen können ...). Rief Sascha abends an und versuchte ihm zu erklären, dass es als Christ seine Pflicht sei, den Chor seiner Gemeinde zu retten, anstatt nach Amerika zu fliegen. Leider ließ er sich nicht überzeugen und versuchte mir mit so albernen Argumenten wie „Aber ich habe doch immer 'ne 5- in Musik, und meine Mutter sagt immer, ich singe so, als hätte ich fürchterliche Magenkrämpfe" zu erklären, dass er für unseren Chor absolut ungeeignet sei (er versprach dann, er werde sich nach einem Tenor-Ersatz umschauen). Manche Christen haben wirklich keinerlei Verantwortungsgefühl für ihre Gemeinde!

Freitag, 26. Juli

Bekam heute wieder eine „Seelsorge-E-Mail" von einer A.N. Gela, und zwar folgende: „Liebe Paula! Ich habe ein großes

Problem. Ich bin seit zwei Jahren mit meinem Freund (21) zusammen, und wir sind beide Christen (das ist noch nicht das Problem). Nun hat mir neulich jemand gesagt, dass man als Christ mit dem Sex bis zur Ehe warten soll. Stimmt das? Wenn ja, wo genau in der Bibel steht das?"

Mist. Offenbar gibt es noch mehr so sexbesessene Typen wie Angela. (Und die will Christ sein! Dass ich nicht lache! Als Christ hat man ja wohl was Besseres zu tun, als an so was Weltliches wie Sex zu denken!) Bin ziemlich ratlos, was ich da schreiben soll. Zum Glück kommt Sascha heute Abend wieder von seinen Verwandten zurück. Dann kann ich ihn fragen!

23.00 Uhr. Sascha kam erst gegen halb elf und war zu müde, um noch vorbeizukommen. Er rief deshalb nur noch kurz an. Dafür haben wir morgen den ganzen Tag für uns! Wird auch Zeit! Habe schon solche Sehnsucht nach ihm!!

Samstag, 27. Juli

23.00 Uhr. Bin immer noch ziemlich aufgewühlt. War heute den ganzen Tag mit Sascha zusammen (was an sich noch nichts Besonderes ist), und da meine Eltern zu einem Geburtstag waren und Nico bei einem

Freund, waren wir den ganzen Tag ungestört (das *war* was Besonderes!). Eine Wahnsinnsgelegenheit! Sagte zu Sascha, dass ich vollstes Verständnis dafür habe, wenn er sein Versprechen von „Wahre Liebe wartet" vielleicht jetzt doch brechen will ... Wenn Sascha erst mal nächste Woche (!) nach Amerika abdüst, dann haben wir ja vielleicht nie mehr die Gelegenheit dazu. Außerdem weiß ich ja, dass Männer von den Hormonen her so gesteuert sind, dass sie sich da nicht zusammenreißen können und so. Aber Sascha wollte nicht. Obwohl ich ihm lang und breit erklärt habe, dass ich doch weiß, dass er sich als Mann nicht immer mit Zurückhaltung quälen kann und auch mal seinen natürlichen Trieben folgen muss (so hört man das ja immer im Fernsehen). Sascha wollte trotzdem nicht und behauptete schließlich, *ich* würde mich ja nur nicht zusammenreißen können!

Ich soll mit ihm schlafen wollen? Vor der Ehe? Lächerlich! Aber das ist natürlich typisch Sascha: Anstatt eigene Schwächen zuzugeben, schiebt er sie anderen in die Schuhe! Hätten uns wegen dieser Sache beinahe verkracht. Sind dann nicht gerade überschäumend vor Glück zum Jugendkreis gegangen. Und da hat Jürgen heute ausgerechnet das Thema gehabt „Warum bis zur Ehe warten?" War echt gut!

Jürgen meinte, dass es natürlich auch Bibelstellen gäbe, aus denen klar hervorginge, dass Christen nicht vor der Ehe „schon die Ehe praktizieren" sollten, wie er sagte (z. B. 1. Korinther 7,8+9, wo Paulus schreibt, dass man lieber heiraten solle, als von „unbefriedigtem Verlangen verzehrt zu werden". Habe mir die Stelle natürlich sofort notiert, um sie dieser Frau von meiner Seelsorge-Homepage zu mailen!), aber darum ginge es gar nicht (ach nicht?). Jürgen erklärte dann sehr eindrücklich, dass mit jedem neuen Sexpartner ein Stück von unserer Fähigkeit zu lieben verloren geht und dass Typen, die ständig neue Partner haben, ihre Fähigkeit verlieren, einem einzigen Menschen wirklich treu zu bleiben. Außerdem hätte der, der mit dem Sex nicht warten kann, auch später in der Ehe große Schwierigkeiten, dem Partner treu zu bleiben, wenn er z. B. durch Krankheit des Partners bedingt (oder auf einer Kur) eine Weile auf Sex verzichten muss. Und man lebt in einer Beziehung ja auch ganz langsam „seelisch aufeinander zu" (d. h., man vertraut einander immer mehr), und das sollte man auch körperlich tun ... Alles hätte seine

Zeit, meinte Jürgen. Wer gleich mit dem Partner in die Kiste springt und nicht warten will, weil er denkt, dann wäre man schneller „fest zusammen", der ist wie ein Kleinkind, das sich (in einer Fabel) mit der Zange seine Zahnstümpfe herauszieht, um schneller richtig kauen zu können. Und so wie dieses Kleinkind die Zähne beim Kauen dann alle verliert, verlieren solche Leute auch sehr viel von dem, was Gott ihnen an Liebesfähigkeit geschenkt hat, weil sie einfach den richtigen Zeitpunkt nicht abwarten wollen ... Hätte gerne noch weiter zugehört, aber in diesem Moment rannte Coffee (die auch wieder da war) heulend nach draußen. Als gute Freundin musste ich ihr natürlich folgen. Sie stand draußen vor der Tür und sah aus wie ein Häufchen Elend. Als ich sie fragte, was los sei, meinte sie: „Jürgen hat vollkommen Recht! Aber es ist in Wirklichkeit noch viel schlimmer! ... Du weißt ja, dass ich vor Thomas schon etliche andere Freunde hatte. Aber das waren meistens nur ... Bettbeziehungen. Toller Sex, das war alles ... aber das war so sauwenig! Einige von denen haben gesagt, dass ich sie nicht lieben würde, wenn ich nicht mit ihnen schlafen würde ... Aber das ist totaler Schwachsinn und hat nichts miteinander zu tun! Im Gegenteil, wenn man sich liebt, dann kann man damit auch warten! ... Und jetzt? Jetzt habe ich nichts mehr, was ich nur Thomas bieten kann! Sei froh, dass du vor Sascha noch nie mit einem ... du weißt schon ... Und - das musst du aber unbedingt für dich behalten, o.k.? (Ich nickte) - ich denke immer wieder an die anderen Typen, wenn ich mit Thomas zusammen bin! ... Als er in Nürnberg war, da ... da hatte ich in Wirklichkeit keinerlei Zweifel an *seiner* Treue ... aber an meiner! ... Verstehst du? Und ich hab' tierisch Angst, dass ich ihm nicht treu bleiben werde, wenn es im Bett mal nicht mehr so klappt mit uns beiden ... oder überhaupt ... Paula, mach nie den gleichen Fehler wie ich! Warte bis zur Ehe! Und wenn die anderen aus deiner Klasse tausendmal sagen, dass das total altmodisch und spießig ist! Ich habe jetzt gemerkt, dass längst nicht alles stimmt, bloß weil es viele sagen!" Klang richtig eindringlich, wie sie das sagte. Ich versicherte ihr natürlich sofort, dass ich nie auch nur den Hauch eines Gedankens an Sex hätte. Was denkt die denn bloß von mir? (*Wenn*, dann hätte ich es ja nur Sascha zuliebe mitgemacht!) Irgendwie fand ich das echt stark, dass sie mir das alles so erzählt hat ...

Danke, Gott, dass ich noch keine ... intimen Beziehungen vor Sascha hatte!! Und dass Sascha das mit dem Sex auch noch nicht will! Und hilf Coffee, ihrem Thomas treu zu bleiben!

Sonntag, 28. Juli

Habe heute Sascha meine „Seelsorge-Homepage" gezeigt und die Problem-E-Mails, die ich schon gekriegt habe. Er lachte sich darüber halb tot (Männer sind manchmal so was von unsensibel!) und meinte dann, ob diese Mails nicht alle von einem gewissen Nico stammen könnten (sie hatten nämlich fast alle denselben Absender, was ich Idiot in meiner Aufregung gar nicht gemerkt hatte! Nur die von A.N. Gela schien echt zu sein, aber der konnte ich ja jetzt guten Gewissens das zurückmailen, was Jürgen im Jugendkreis gesagt hatte). Sascha meinte, bei *den* Namen hätte ich doch schon stutzig werden müssen (Was ist denn an den Namen so Besonderes?). Bin jedenfalls echt froh, dass ich diesen Quatsch nicht beantworten muss! Verdonnerte Nico nachmittags dazu, meine Homepage wieder „abzumelden" bzw. zu löschen. Ich glaube, ich bin der „vollzeitlichen, umfassenden Seelsorge" vielleicht doch nicht ganz gewachsen. Bin nur froh, dass ich keine ernsthaften Anfragen bekommen habe ...

Gott, wenn ich so richtig darüber nachdenke, wollte ich das mit der Homepage ja auch nur machen, damit mich dann ganz viele Leute bewundern – war vielleicht nicht so ganz die richtige Einstellung, was? Sorry, Gott, du hast es echt nicht leicht mit mir! Tut mir wirklich Leid ... (Aber ich bessere mich, versprochen!)

Nachmittags übten wir vom Jugendkreis aus unseren Familiengottesdienst. Klappte alles ganz prima bis auf Ottmars Predigt. Ottmar brummelte fast nur völlig unverständliche Worte (so was wie „Hmghklhdrf fhesfjh dtvfkzud") mit seiner Wildschweinpuppe, die er zu allem Überfluss als „Dank für meine große seelsorgerliche Hilfe" auch noch „Paula" genannt hat (meinen Einwand, es handele sich bei der Puppe eindeutig um einen Keiler, also um ein *männliches* Tier, ließ er nicht gelten). Seine merkwürdigen Laute mit der Puppe unterbrach er nur für Bemerkungen wie „Aha!", „So so!" oder „Oh ja!". Als Jürgen ihn vorsichtig darauf hinwies, dass „seine großartige Darbietung von einigen älteren, sehr schwerhörigen Mitgliedern der Gemeinde eventuell nicht ganz hundertprozentig verstanden werden könnte", sagte Ottmar empört: „Aber Paula ist ganz begeistert von meinem Bauchrednertalent!" Wäre am liebsten sofort unsichtbar geworden, weil mich alle so merkwürdig vielsagend ansahen. Wusste, dass es nun an mir lag, die Situation zu retten. Sagte deshalb sehr einfühlsam: „Ach Ottmar, ich habe mich eben getäuscht. Von deinem Schrott eben hat man kein Wort verstanden! Wenn du diesen Schwachsinn beim Familiengottesdienst bringst, blamierst du uns alle doch nur bis auf die Knochen!" Ottmar fing daraufhin an zu heulen (Männer sind ja manchmal so was von sensibel!) und ließ sich erst beruhigen, als Daniela ihm anbot, bei der Kinderbetreuung mitzuhelfen (Ottmar und Kinderbetreuung? Das sind doch zwei Welten! Schätze, er ist hinterher noch deprimierter! Manchmal ist Daniela echt dumm!). Jetzt hält Jürgen die Predigt. Ich soll übrigens mit Angela zusammen was vorsingen (ausgerechnet mit der!)!

War abends nicht zur Gemeinschaftsstunde, weil ich der Ansicht bin, dass ich durch das Üben schon genug Gemeinschaft hatte ...

Übermorgen fliegt Sascha nach Amerika! Kann's immer noch nicht ganz glauben! *Bit-*

te, bitte, Gott, lass ihn noch ein Telegramm kriegen ...!

Montag, 29.Juli

Komme gerade vom Supermarkt. Schätze, ich kann mich da in Zukunft nicht mehr blicken lassen ... Als ich da ein Paket Butter in meinen Wagen legte, sah ich etwas vor mir Matthäus Bartens (15 Jahre), der sich ein Paket Milch ansah, kurz stutzte und dann eine Verkäuferin ansprach: „Verzeihen Sie, der Herr hat mich in seiner Güte darauf hingewiesen, dass Sie in Ihrem Regal Milch stehen haben, die mir nicht mehr zum Verzehr geeignet erscheint!" Darauf die Verkäuferin: „Welcher Herr denn? Und warum sagt er mir das dann nicht selbst?" Matthäus legte seinen würdevollsten Gesichtsausdruck an den Tag und sagte (als müsste er ein Plädoyer für mehr Humanität halten): „Der Herr, dessen Eigentum ich sein darf, dessen Herrlichkeit von Ewigkeit zu Ewigkeit währt und der daselbst seinen Leib für uns gegeben hat, auf dass wir nicht ins Gericht kommen müssen, sondern vom Tode zum Leben durchgedrungen sind! Gehören Sie auch schon zu unserem Herrn, und sind Sie eine Arbeiterin in seinem Weinberge?" Sie sah ihn an und sagte nur: „Ich arbeite für EDEKA! Das sehen Sie doch! Nehmen Sie die Milch da vorne, die ist ganz frisch!"

Verschwand schnell in einem Seitengang, damit mich Matthäus nicht am Ende noch bemerkte und begrüßte. Wollte auf keinen Fall mit ihm in Verbindung gebracht werden! Als ich kurz darauf an der Kasse stand (an der genau dieselbe Verkäuferin ewig lange brauchte, um meine fünfzehn Sachen einzutippen), kam plötzlich der Marktleiter und meinte freundlich (aber leise) zu mir: „Entschuldigen Sie, ich möchte nur kurz prüfen, ob unsere neue Kassiererin alles richtig eingetippt hat!" Dann nahm er nach und nach alle Sachen wieder aus meinem Korb und verglich sie mit dem Kassenbon. Für die anderen sah es so aus, als vermutete er, ich hätte geklaut. Mir war das so was von peinlich! Vor allem, als plötzlich Matthäus, der etwas weiter hinten in der Schlange stand, durch den ganzen Laden rief: „Hallo, Schwester im Herrn!" Da meinte die Verkäuferin: „Gehört der Junge da zu Ihnen? Der hat mich gefragt, ob ich für einen Winzer arbeite! Sehe ich vielleicht so aus?" Sagte schnell: „Ach ... ich kenne den kaum ... eigentlich gar nicht!" Da rief dieser Trottel: „Schwester Paula! Huhuuu! So schnell sieht man sich wieder! Das war doch ein wirklich gesegneter Abend gestern, was?" Wäre am liebsten im Boden versunken. Aber es kam noch schlimmer. In diesem Moment kam Christian nämlich in den Laden, samt seinem Riesenteddy, und lief auf mich zu. Dann meinte er ganz laut: „Hallo Paula! Was machst *du* denn da? Hast du geklaut?" Nun nahm er die Tatze seines Teddys, bewegte sie hin und her und sagte mit einer Kleinkinderstimme: „Das darf du nich machen! Böse Paula! Hüti Hüti! Bäh bäh! Man darf Tante Supermarkt nichts wegnehmen!" Dann zog dieser Blödmann eine Seidenbluse (zumindest hielt ich es für eine) aus meinem Korb und fragte mich: „Oh, was haben wir denn da Elegantes?" Sagte: „Lass das drin! Das ziehe ich mir zum Familiengottesdienst an!" Darauf rief er ganz laut (sodass es sicher auch der letzte Kunde hören konnte): „Du willst im Seidennachthemd zum Gottesdienst??" (Merkte leider erst jetzt, dass er Recht hatte und das Teil wirklich ein Nachthemd war!) Hätte ihn am liebsten auf der Stelle erwürgt (wenn ich keine Christin wäre, meine ich). Hatte das unbestimmte Gefühl, dass mich alle anstarrten und darauf warteten, dass mich zwei weiß gekleidete Männer mit einer Zwangsjacke abholen – die natürlich auch Matthäus und

Christian gleich mitnehmen würden. Zog es vor zu schweigen und war froh, als der Marktleiter endlich fertig war und ich abhauen konnte!

Gott, warum kann ich nicht einmal einkaufen gehen, ohne dass mir irgendein Volltrottel über den Weg läuft und mich lächerlich macht?!

Dienstag, 30. Juli

War gestern noch den ganzen Abend mit Sascha zusammen - war echt schön!! Wir haben total viel zusammen erzählt, aber auch noch zusammen gebetet. Heute Morgen bin ich dann um 5.00 Uhr mit ihm und seinen Eltern zum Flughafen gefahren. Jetzt ist er also in Amerika (das heißt, im Moment ist er wahrscheinlich eher noch über dem Meer). Vermisse ihn jetzt schon wahnsinnig!!! Hoffe immer noch, dass es sich die Gastfamilie dort noch anders überlegt und er wieder zurückkommt!

Zu allem Überfluss muss ich übermorgen auch noch wieder zur Schule!!

War abends im Gebetskreis versucht, dafür zu beten, dass Sascha aus irgendeinem Grund wieder zurückkommt, ließ das dann aber doch bleiben (zumindest habe ich es nicht laut gebetet).

Mittwoch, 31. Juli

Habe solche Sehnsucht nach Sascha!!

Donnerstag, 1. August

Heute war wieder Schule. Jetzt bin ich schon in der Elften! Wow! Schade, dass Coffee nicht mehr zusammen mit mir zur Schule geht. Jetzt muss ich im Unterricht immer selbst aufpassen und kann mir von ihr nichts mehr vorsagen lassen. Die neuen Pauker scheinen ganz o.k. zu sein. Das heißt, zwei meiner Lehrer kenne ich schon von früher: Herr Ebalt (der muss mich jetzt in Geschichte ertragen, der Ärmste) und Frau Ulan (Religion).

Heute Nachmittag hat sich Paps den Knöchel verknackst. Jetzt kann er erst mal eine Zeit lang nicht gehen, der Arme. Da Mama gestern zu (Groß-)Tante Erna (87) gefahren ist, um ihr mal ein paar Tage im Garten zu helfen, die Fenster zu putzen usw., habe ich mich großmütig bereit erklärt, seinen Küsterdienst zu übernehmen. Bekam auch gleich meinen ersten Auftrag: Am Samstag findet ein Trauergottesdienst statt, und da müssen die Liedernummern noch an die Tafeln gehängt werden. Pastor Gunter rief eben an und gab mir die Nummern durch. Werde nachher mal rübergehen und diese Nummern anheften. Paps fragte allen Ernstes, ob ich das allein schaffe! Manchmal behandelt er mich echt wie ein Baby!

19.00 Uhr. O Mann, hoffentlich geht das am Samstag gut! Habe blöderweise den Zettel mit den Liedernummern verbusselt und konnte ihn nirgends mehr auftreiben. Wollte aber nicht noch mal bei Pastor Gunter anrufen, sonst hätte Paps das vielleicht mitgekriegt (P. Gunter hätte ihm bestimmt erzählt, wie schusselig ich bin), und ich hätte mir wieder anhören dürfen, dass mich so ein Küsterdienst wohl doch hoffnungslos überfordert. Habe deshalb einfach ein paar typische Beerdigungslieder aus dem Gesangbuch gesucht und die entsprechenden Nummern angeheftet. Ich schätze, Pastor Gunter merkt das gar nicht ...

Freitag, 2. August

Heute hat Sascha sich endlich mal gemeldet! Er ist jetzt bei seiner Tante Mary, die mit ihm in der nächsten Woche nach Disneyland in Florida fahren will! Der hat's gut! Und ich muss zur Schule! Aber heute war's eigentlich ganz lustig. Der Pausengong ist nämlich seit gestern kaputt, und da hat sich unser Klassenlehrer Herr Weigel (total geistig unterbelichtet!) einen Küchenwecker mitgenommen und ihn auf 45 Minuten gestellt. Als er gerade was an die Tafel schrieb, hat Britta, die ganz vorne sitzt, schnell den Wecker um 15 Minuten vorgestellt. Der Wecker klingelte kurz darauf, Weigel schickte uns ohne einen weiteren Blick auf die Uhr nach Hause, und wir sahen zu, dass wir rauskamen, bevor er seinen Irrtum merkt. Solche Lehrer liebe ich (natürlich nicht wirklich)!

Samstag, 3. August

Ich könnte mich echt zum Mond schießen! Das war ja so was von peinlich heute! Der Trauergottesdienst war nämlich gar keine Beerdigung, sondern eine Hochzeit (hat P. Gunter wirklich *Trau*gottesdienst gesagt?)! Hätte mich am liebsten in Luft aufgelöst, als ich das merkte. Leider war da dann keine Gelegenheit mehr, etwas zu ändern. Wollte Pastor Gunter noch schnell sagen, dass ich versehentlich die falschen Liedernummern angeheftet habe, aber er war so beschäftigt, dass ich ihn einfach nicht mehr erwischte. Von der Empore aus beobachtete ich dann die verwunderten Gesichter beim ersten Lied „Wer weiß, wie nahe mir mein Ende ...“. Als Pastor Gunter dann bei seiner

Ansprache sagte „Darum wird ein Mann Vater und Mutter verlassen und seinem Weibe anhangen ..." , folgte kurz darauf das zweite Lied: „Ich wollt, dass ich daheime wär' ...". Der Klopfer aber war der Text des letzten Liedes, nachdem sich das junge Paar das Jawort gegeben hatte: „Noch kann ich es nicht fassen, was deine Schickung meint; doch will ich dich nicht lassen, wie auch mein Auge weint. Auf deine Liebe trauen will ich, mein Herr und Gott, und gläubig aufwärts schauen in meiner Herzensnot!" Da Pastor Gunter ausgerechnet heute sowieso schon sehr heiser war, sang er die Lieder nicht mit und war wohl mit seinen Gedanken ganz woanders, sodass er die Katastrophe auch nicht durch eine spontane Liedänderung verhinderte. Erst als ihm nach dem Gottesdienst alle Vorwürfe machten, was denn diese vollkommen unpassenden Lieder sollten (vorsichtig ausgedrückt), muss es ihm langsam gedämmert haben, dass irgendwas falsch gelaufen war. Zog es vor, mich diskret durch den Hintereingang zu verdrücken ... Hoffe, er sieht die ganze Sache mit Humor (als Christ sollte er das doch eigentlich, oder?) ... Hoffe vor allem, dass er nicht bei Paps anruft ...

Gott, wieso muss so was immer mir pas-

sieren? Bitte lass Pastor Gunter nicht so sauer sein ...!

Abends zum Jugendkreis. Ottmar hatte die Leitung zum Thema „Wenn ich falsch beraten werde" (obwohl er eigentlich das Thema „Gideon - ein Kämpfer Gottes" vorbereiten sollte). Hatte den Eindruck, dass er mich immer wieder ansah, als er von den maßlosen Enttäuschungen sprach, die Christen einander zufügen können. Habe das unbestimmte Gefühl, dass er mir die Sache mit dem Bauchreden noch nachträgt. Er ist halt geistlich noch sehr unreif und kann keine Kritik vertragen. Werde für ihn beten, dass er lernt, mit seinen Schwächen umzugehen!

Sonntag, 4. August

Musste morgens beim Gottesdienst Paps als Küster vertreten. Brachte vorsichtshalber Pastor Gunter eine große Tafel Schokolade mit (der steht total auf Schokolade) und entschuldigte mich für mein Versehen vorgestern (natürlich, als gerade ein paar andere Leute dabei waren, damit er sich nicht traut, mich sofort zu lynchen). Er war zwar nicht gerade begeistert von der Sache mit den Liedern, aber er meinte, im Grunde seien die gar nicht so unangebracht gewesen; wie er das Brautpaar einschätzt (der Mann heiratete zum vierten Mal, die Frau zum dritten Mal), würde das eh nicht lange gut gehen ...

Danke, Gott, dass er so nett reagiert hat!!

Nachmittags fand unser Familiengottesdienst vom Jugendkreis statt. Lief echt gut! Hinterher meinte Daniela, Ottmar wäre total gut mit den Kindern klargekommen, er hätte da „ein Riesentalent" und sie habe ihm angeboten, nun in der Wichteljungschar mitzumachen (die Daniela und ich ja jetzt allein leiten, unseren Kinderchor haben wir übrigens wieder aufgelöst, weil zwei Kinder immer wahnsinnig schief sangen und dadurch alle durcheinander brachten)! Die spinnt ja wohl! Wie kann die so eine Trantüte wie Ottmar auf unsere „Wichtel" loslassen? Da habe ich ja wohl auch noch ein Wörtchen mitzureden (wie ich ihr energisch, aber natürlich in christlicher Nächstenliebe klar machte). Einigten uns schließlich darauf, dass Ottmar am nächsten Dienstag mal probehalber vorbeischauen kann. Ich wette, der wird von selbst merken, dass er da fehl am Platz ist (das hoffe ich zumindest!).

Montag, 5. August

16.00 Uhr. Heute kam Mama von Tante Erna zurück. Bin echt froh, dass sie jetzt den Küsterdienst übernimmt, solange Paps noch nicht wieder ganz fit ist. Hoffe, Pastor Gunter erzählt ihr nichts von dem Traugottesdienst ...

19.00 Uhr. Manchmal habe ich echt Zweifel, ob meine Eltern mich wirklich kennen. Hörte heute im Flur Mama aus dem Schlafzimmer reden: „Verlier nicht den Mut! Sie wird schon noch vernünftig werden! Und du teilst dein Schicksal ja mit vielen anderen Müttern! Es gibt sogar Mütter, die haben noch viel katastrophalere Töchter! Du darfst nur nicht die Hoffnung aufgeben! Sie macht ja vielleicht manche Schnitzer und ist für ihr Alter noch ziemlich unreif, aber sie ist vielleicht einfach ein Spätentwickler ..." Dachte, dass es stark ist, wie Mama immer wieder ihre Freundinnen (am Telefon) motiviert und dass sie bestimmt dankbar ist, dass sie mit mir so gut wie nie Probleme hat. Da ich sie was Dringendes fragen wollte, ging ich kurz ins Schlafzimmer und sah, dass Mama mit ihrem Spiegelbild sprach!!! War echt sauer! Ich soll ein Spätentwickler sein und für mein Alter noch ziemlich unreif?? Mama muss noch eine andere Tochter haben, anders kann ich mir dieses komische Selbstgespräch nicht erklären (Habe den unbestimmten Verdacht, dass Pastor Gunter ihr doch was von dem Traugottesdienst erzählt hat - und dabei steht der als Pastor doch unter Schweigepflicht, oder?).

23.30 Uhr. Ich und unreif? Die spinnt doch!!

Dienstag, 6. August

Ottmar ist doch immer wieder für eine Überraschung gut! Die Kinder in der Wichteljungschar waren total begeistert von ihm! Und der Hammer war, dass er aus'm Stegreif die Geschichte von Zachäus ganz toll erzählte, weil Daniela (die das eigentlich machen sollte) plötzlich ganz schlecht wurde und sie nach Hause musste. Bin echt schwer beeindruckt von Ottmar, der hat das wirklich super gemacht (obwohl er das Fremdwort „Zöllner" meiner Meinung nach nicht ausreichend genug erklärt hat - aber wenn der so weitermacht, wird er noch mal so gut wie ich)! Er will von jetzt an immer mitmachen!

Danke, Gott! Im Grunde habe ich ja immer gewusst, dass Ottmar großartige versteckte Talente haben muss!

22.00 Uhr. War mal wieder bei der

Gebetsstunde. Betete heute Abend dafür, dass Mama endlich erkennen möge, was sie an mir hat und dass Gott ihr ihre völlig negative Sichtweise nimmt und ihr mehr Urteilsvermögen schenkt. (Paps fragte mich hinterher, warum ich das gebetet habe, aber ich hab' ihm lieber nichts von der Spiegelgeschichte gesagt.) Plötzlich legte Herr Bartens wieder mal seine Hände auf mich (muss mir unbedingt mal einen anderen Platz suchen!) und betete: „Herr, schenke diesem Kind (welches *Kind*??) doch die Willensstärke, den weltlichen Versuchungen zu widerstehen und die Fähigkeit zu unterscheiden, was ihr gehört und was nicht. Vergib ihr, wo sie diesen Versuchungen schon erlegen ist. Danke, Herr, dass du selbst aus diesem armen, sündigen Kind noch etwas machen kannst zum Lobpreis deiner Herrlichkeit!" Am liebsten wäre ich dem Typen an die Gurgel gesprungen. Was fällt dem ein, so zu beten, als würde ich ständig klauen (vermutlich hat Matthäus ihm die Sache vom Supermarkt erzählt. Der kann froh sein, dass er nicht da war, sonst hätte ich ihn eigenhändig er ... mahnt!). Hatte hinterher echt zu tun, um allen klar zu machen, dass ich noch nie etwas geklaut habe! Hoffe, dass das Thema damit erledigt ist!

Mittwoch, 7. August

In Kunst ist es in der Schule jetzt richtig gut. Mein Kunstlehrer scheint mein großes künstlerisches Talent entdeckt zu haben! Jedenfalls lobte er heute meine Bleistiftzeichnung (Thema: „Abstrakte Darstellung eines zum Monster mutierten Bleistiftes") in den höchsten Tönen! Endlich mal ein Lehrer, der wirklich was von Kunst versteht! *(Danke, Gott!)* Schade, dass ich Sascha das Bild nicht zeigen kann (hab' solche Sehnsucht nach ihm!) ...

22.00 Uhr. Komme gerade von Angelas Geburtstag. Sie hatte den ganzen Jugendkreis eingeladen, und es war echt witzig. Allerdings gibt es mir doch sehr stark zu denken, wie schlecht mich die anderen kennen! Als wir „Therapy" spielten, habe ich haushoch verloren, und das nur, weil ich ewig lange bei den anderen „in Therapie" war, weil die mich falsch einschätzten (und dann kommt man bei diesem Spiel ja nicht weiter). Nur ein paar Beispiele: Als die Frage kam, von wem (von allen Spielern) ich dächte, dass er am ehesten einen Fehler zugeben würde, nannte ich natürlich mich selbst, woraufhin alle anderen in schallendes Gelächter ausbrachen (War drauf und dran, denen das Spiel um die Ohren zu schlagen!).

Als ich meine Reizbarkeit auf einer Skala von 1 (nicht vorhanden) bis 10 (extrem reizbar) einstufen sollte, habe ich mich in aller Demut auf 2 eingestuft. Die anderen hatten mich auf 9 eingeschätzt, woraufhin ich einen leichten Wutanfall bekam. Ich soll reizbar sein? Ja, sind die denn total bescheuert, diese Vollidioten ohne jede Menschenkenntnis?!? Für ihre absolut fehlende Menschenkenntnis spricht auch, dass sie meinen Sinn für Humor mit 5 bewerteten (statt der mindestens angemessenen 9 Punkte) und dass sie dachten, dass mir an meinem Körper am wenigsten meine Nase gefällt (statt meine Beine). Wenigstens haben auch alle gelacht, als Ottmar seine Kleidung (Kordhose, Hosenträger, Schlips!) als „modisch" einstufte.

Donnerstag, 8. August

Was ist mit meiner Nase nicht in Ordnung? Habe heute zwei Stunden vor dem Spiegel gestanden und sie begutachtet. Finde sie eigentlich ganz o.k. Hm ...

22.00 Uhr. Komme gerade vom Chor. War echt nervtötend. Ich dachte, ich seh' nicht richtig, als plötzlich Christian Heinemann (samt seinem Riesenteddy) zur Tür reinkam und sagte, er wolle nun mitsingen.

Irgendein Wahnsinniger muss ihm erzählt haben, dass wir hier einen Chor haben und noch eine Tenorstimme suchen. Leider ließ er sich nicht durch die Tatsache abschrecken, dass wir nur *christliche* Lieder singen. Zugegebenermaßen singt Christian erstaunlich gut – scheint richtig musikalisch zu sein. Er konnte alle Lieder direkt vom Notenblatt mitsingen. Trotzdem, wenn ich mir vorstelle, dass dieser Typ am Sonntag mit seinem Riesenteddy mitten im Chor steht ...! Falls sich mal Außenstehende in unsere Gemeinde verirren, müssen die ja denken, wir sind eine Therapiemaßnahme für psychisch gestörte Exoten!

Am schlimmsten war es allerdings, als Christian hinterher ganz laut zu mir sagte: „Ach, Paula, ist es nicht herrlich, dass wir uns nun immer sehen können? Und nicht nur im Supermarkt, so wie neulich, wo der Marktleiter erst mal deinen Korb auf gestohlene Waren hin durchsah ..." Hätte ihn erschlagen können (natürlich nur geistig)! Sah den anderen an, dass sie alle dachten, dass ich wohl geklaut haben musste (sogar die, die ich im Gebetskreis noch vom Gegenteil überzeugt hatte). Sagte schnell: „Der Typ hat nur die Kassiererin überprüft!"

Er: „Sicher, Paula, sicher! Hast du nun eigentlich wirklich das Nachthemd im Familiengottesdienst getragen?" War kurz davor, ihm seinen Teddy wegzunehmen und wenigstens den zu erschlagen. Brüllte: „Nein, und nun halt endlich den Mund!"

Gott, wieso musste ausgerechnet dieser Blödian in unseren Chor kommen??? Ich meine, der ist doch noch nicht mal Christ – ist es da nicht vollkommen unbiblisch, ihn christliche Lieder mitsingen zu lassen?

Habe solche Sehnsucht nach Sascha ... Wenn er hier wäre, könnte ich auch solche Katastrophen wie Christian im Chor besser ertragen ... *Gott, kannst du nicht irgendwas passieren lassen, damit Sascha wieder zurückkommt?*

Freitag, 9. August

Träumte heute Nacht, dass mich Herr Bartens beim Klauen im Supermarkt erwischt und ich daraufhin wie Pinocchio eine ganz lange Nase kriege ...! Vielleicht will mir mein Unterbewusstsein klar machen, dass meine Nase doch zu lang ist ...

Hatten heute wieder Kunst. Bis nächste Woche sollen wir zu Hause eine „abstrakte Darstellung einer mit Zahnstochern gequälten Tomate" mit Wasserfarben malen.

Manchmal haben Lehrer schon merkwürdige Einfälle ... Hoffe, ich kriege darauf wieder eine Eins! (Oder wenigstens eine 1-).

21.00 Uhr. Habe gerade mit Sascha telefoniert. Er findet meine Nase auch in Ordnung (sagt er jedenfalls). Als ich ihm erzählte, dass Christian jetzt bei uns mit im Chor singt, meinte er: „Echt? Das ist ja stark! Hat er also doch auf meinen Tipp gehört!" Ich (entsetzt): „Hast *du* den etwa zu uns geschickt?" Er (als sei das nichts Schlimmes): „Klar, ich hatte dir doch versprochen, dass ich mich nach einem Tenor für euch umsehe!" Dachte, ich bin im falschen Film! Sascha kann froh sein, dass er in Amerika ist!!!

Samstag, 10. August

Saß den ganzen Nachmittag an meinem Kunstbild. Ist echt nicht übel. (Nico kam zwischendurch rein und fragte, warum ich da einen Halbmond mit Windpocken male. Er hat einfach kein Kunstverständnis!)

Hatten heute im Jugendkreis das Thema „Mission vor der Haustür". Waren uns alle einig, dass es echt notwendig ist, auch den Menschen in unserer Umgebung von Gott zu erzählen und nicht nur den Leuten in Indien oder Thailand. Wollen am nächsten

Samstagnachmittag deshalb auf dem Schützenfest in der Stadt (da kennt uns zum Glück nicht jeder!) einen Stand mit christlichen Schriften aufstellen, einige Lieder singen, und einige Erwachsene sollen auch mit Leuten „ins Gespräch kommen“ (also, mit denen über Gott sprechen, aber natürlich nicht so aufdringlich, wie die Zeugen Jehovas das immer machen!!). Wird bestimmt Klasse! Hoffe echt, dass dadurch viele zu Gott finden (oder wenigstens in unsere Gemeinde).
Gott, bitte segne unsere Aktion!
(Schade, dass Sascha nicht dabei sein kann!)

Sonntag, 11. August

Heute Abend in der Gemeinschaftsstunde hat Silas (Bruder von Angela, aber nicht so nervig) bei den Bekanntmachungen von unserer Aktion auf dem Schützenplatz erzählt, und zwar etwa so: „Hi, Schwestern und Brüder! Ich wollte euch mal verklickern, was wir im Jugendkreis Cooles geplant haben. Also, am nächsten Samstag findet ja in der Stadt wieder dieses Schützenfest statt, wo die sich alle voll laufen lassen, Bräute abschleppen und voll einen draufmachen und so. Und da dachten wir, da müssten wir mal 'ne echt gute Alternative bieten und denen mal klar machen, dass Gott die voll gut abkann und die ohne ihn voll ätzend dran sind und so ... Und da bräuchten wir noch'n paar Leutchen, die die dann anquatschen und den Seelsorgekram machen. Wär' cool, wenn sich nach'm Gottesdienst mal 'n paar von euch bei mir melden würden deswegen. Und die anderen können ja mal knackig mit dafür beten, damit Gott das ganze voll fett segnet, 'ne? O.k., Leute, das war schon die ganze Message!"

Schielte zu den Bartens hinüber, die offenbar kurz davor waren, sich zu übergeben oder zumindest empört aufzuspringen und Silas „verbale Verunreinigung des Gotteshauses" oder so was in der Richtung vorzuwerfen. Aber als Herr Klein noch mal ganz sachlich unseren Vorschlag in seiner Predigt aufgriff und ihn sehr lobte und zum Mitmachen einlud, entspannten sich ihre Gesichtszüge wieder etwas. Hinterher meldeten sich bei Silas tatsächlich etwa zehn Leute aus unserer Gemeinde! Echt stark! Das kann ja nur toll werden! *Danke, Gott! Bin echt gespannt drauf!!*

Sascha rief wieder an: Es gefällt ihm in Amerika immer besser ...! Freut mich natürlich total für ihn, aber ... Na ja, vielleicht ändert er seine Meinung ja noch ...

Montag, 12. August

Ich glaube, unsere Relilehrerin Frau Ulan ist total einsam. Sie ist zwar angeblich absolute Feministin und sagt immer so Sachen wie, dass die Männer die Frauen stets unterdrückt haben (und dass Gott hauptsächlich weibliche Züge hat und wir deshalb auch beten könnten „Mutter unsere im Himmel" – wenn das Herr Bartens hören würde ...!), aber trotzdem labert die bei jeder nur denkbaren Gelegenheit ihre (männlichen) Kollegen an, vor allem Herrn Karvens, der geschieden und damit noch, bzw. wieder zu haben ist. Außerdem wirkt sie immer wie ein unsicheres Schaf, das die Herde verloren hat (na ja, so ähnlich jedenfalls). Habe immer mehr den Eindruck, dass sie unbedingt mal etwas Anerkennung bräuchte, so was wie einen Verehrer, damit sie mal etwas Selbstbewusstsein kriegt und sich nicht gleich an jeden x-beliebigen Kerl ranschmeißt! Habe deshalb beschlossen, ihr etwas Gutes zu tun und ihr einen Brief von einem „Verehrer" in ihr Fach zu schmuggeln. Und zwar folgenden:

„Liebe Frau Ulan! (Oder darf ich Ingeborg sagen?)
Schon längst wollte ich Ihnen mal sagen,

dass Sie nicht nur eine äußerst attraktive, sondern auch eine überaus faszinierende Frau sind! Ich liebe Ihr Lächeln, Ihren Gang, einfach alles an Ihnen! Jede Nacht denke ich an Sie - und tagsüber eigentlich auch! Sie rauben mir den Verstand - auch wenn ich mich tunlichst darum bemühe, mir das nicht anmerken zu lassen. In Ihrer Nähe fühle ich - verzeihen Sie mir diesen kitschigen Ausdruck - Schmetterlinge im Bauch. Ich weiß, dass Sie eine Frau sind, die sehr selbstbewusst und kritisch durchs Leben geht (etwas, das ich besonders an Ihnen bewundere). Aber ich meine zu spüren, dass hinter der manchmal recht kühlen Fassade auch ein Mensch steckt, der sehr einfühlsam, liebevoll und großherzig ist. Ja, eigentlich wollte ich Ihnen nur sagen, dass Sie mich sehr glücklich machen, einfach durch die Tatsache, dass es Sie gibt! Bleiben Sie wie Sie sind! Sie sind ein überaus wertvoller Mensch!
Es grüßt Sie
einer Ihrer (wohl sehr zahlreichen) großen Verehrer"

Also, wenn dieser Brief nicht ihr Selbstbewusstsein steigert, weiß ich auch nicht ...

Schrieb den Brief natürlich mit einer anderen Handschrift, nämlich mit der von Herrn Ebalt (ich habe so ein PC-Programm, mit dem man eigene Handschriften einspeichern kann, die der PC dann übernimmt – bei den vielen Anmerkungen, die Ebalt immer unter meine Aufsätze schrieb, ein Klacks), die sieht am elegantesten aus. Ich schätze mal, dass die Ulan nie die Handschriften ihrer Kollegen näher anschaut, so gesehen ist das ganz ungefährlich. Bin gespannt, ob sie sich was anmerken lässt ...

Gott, meinst du nicht, dass das eine gute Idee ist? Ich meine, wenn sich die Ulan dadurch etwas mehr akzeptiert fühlt, ist das doch super, oder? Außerdem ist sie dann hoffentlich nicht mehr so schlecht gelaunt ...

Dienstag, 13. August

Habe heute in der großen Pause meinen Brief in Frau Ulans Fach geschmuggelt. Bin echt gespannt, ob man merkt, dass sie jetzt selbstbewusster wird ...

Musste heute die Geschichte von der „bittenden Witwe" (Lukas 18) in der Wichteljungschar erzählen (diese Geschichte, wo eine Witwe einem Richter so lange auf den Wecker ging, bis der sich ihres Falls annahm). Manche Kinder scheinen überhaupt nicht richtig aufzupassen. Als die kleine Marie abgeholt wurde, quakte sie rum: „Jetzt will ich zum Spielzeugcenter!" Darauf ihre Mutter: „Nein, wir gehen jetzt nach Hause!" Marie: „Ich will aber!" Mutter: „Nein!" - „Doch!" - „Nein!!" - „Doch!" - „Nein, und jetzt ist Schluss mit der Bettelei!" - „Nein, Paula hat gesagt, wir müssen immer so lange nerven, bis wir unseren Willen kriegen!" Mutter (sieht mich entgeistert an): „Was hast du gesagt? Bist du denn von allen guten Geistern verlassen?!" Ich: „Nein, ich habe nur gesagt, dass wir Gott immer wieder um etwas bitten dürfen und dann wird er uns bestimmt auch hören!" Marie: „Dann bete ich jetzt, dass Mama mit mir gleich zum Spielzeugcenter fährt! Und wehe, der Gott macht das nicht! Dann nerve ich den die ganze Nacht!" Also wirklich ...! Es gibt Kinder, bei denen ich mir nicht sicher bin, ob Jesus auch an die gedacht hat, als er sagte, wir sollten „werden wie die Kinder" ...! Betete abends beim Gebetskreis für Marie (dafür, dass sie nicht mehr ins Spielzeugcenter will, damit sie ihre Mutter damit nicht mehr nervt und ihre Mutter mir dann nicht mehr vorhalten kann, dass ich ihr Kind verziehe, weil ... na ja, jedenfalls habe ich für sie gebetet).

Mittwoch, 14. August

Heute ist was in Kunst passiert, das mir echt zu denken gibt: Ich hatte mein Bild mit der „abstrakten Darstellung einer von Zahnstochern gequälten Tomate" leider zu Hause vergessen. Und Herr Scherer, unser Kunstlehrer, meinte gleich zu Beginn der Stunde, wer sein Bild nicht dabei hätte, bekäme eine Sechs. Dachte mir: „Jetzt ist es eh wurscht, mach dir wenigstens einen Gag draus!" Schmierte also blitzschnell ein paar Farbkleckse auf's Papier und gab das dann als Zeichnung ab. Daraufhin sagte Scherer: „Paula! Ich bin überrascht! Du hast ein Kunstverständnis, das jede Erwartung weit übertrifft! Ich wünschte, es gäbe mehr solche begnadete Schülerinnen wie dich! Wirklich, ein solch tiefes Verständnis, das gleichsam eins wird mit der Kunst, habe ich in meiner ganzen Zeit als Lehrer erst bei einem einzigen anderen Schüler gesehen; vor ein paar Jahren bei einem Christian Heinemann!" Hätte mich beinahe übergeben. Dieser Blödmann wagt es, mich mit Christian zu vergleichen? Das kann ja wohl nicht wahr sein! Wenn ich nur daran denke, wie Christian im letzten Jahr unserem Bürgermeister eins seiner Kunstwerke „gespendet" hat: Ein paar wild zusammengeschweißte Stahlrohre, umwickelt mit Klopapier und alten Stofffetzen und dem Titel „Synopse der Gedanken". (Christian hatte für seine „Schenkung" extra die Presse informiert, die ihn dann mit seinem Werk vor dem Rathaus fotografierte! Echt peinlich – für unser Dorf, meine ich.)

Tja, jedenfalls bekam ich auf meine Farbkleckse eine 1+, und ich weiß echt nicht mehr, ob ich mich darüber freuen sollte ... (wer stellt solche Lehrer wie Scherer bloß ein?)

Frau Ulan macht übrigens wirklich einen glücklicheren Eindruck. Vielleicht sollte ich ihr noch einen Brief schreiben? Erzählte Nico von meiner Idee (und dem Brief, den ich Frau Ulan schon zugespielt habe). Er meinte nur: „Warum musst du deine große Nase bloß immer in Angelegenheiten stecken, die dich nichts angehen! Das gibt garantiert wieder 'ne Katastrophe!" Blödi! Was haben bloß alle gegen meine Nase?

(Habe solche Sehnsucht nach Sascha! Warum ruft der nicht mehr an? Ob der schon 'ne andere hat? Obwohl, das würde ich ihm echt nicht zutrauen! Niemals!)

Donnerstag, 15. August

Habe Frau Ulan heute noch mal einen „Liebesbrief" ins Fach gelegt. Ich schätze, sie wird sich riesig freuen und dafür die nächsten Tage nur noch gute Laune haben!

22.30 Uhr. Ich könnte Christian ...! Der Typ geht einem so was von auf die Nerven! Nicht nur, dass er heute beim Chor mit seinem Riesenteddy (den er „Sir Edgar" getauft hat ...) ständig den Notenständer umriss, nein, er meckert auch noch dauernd an mir rum! Angeblich kann ich meine Stimme nicht richtig halten! Ha ha! Blöderweise scheint unser sonst ganz zurechnungsfähiger Chorleiter Herr Schröder Christian aus irgendwelchen Gründen (Alterssenilität? Immerhin ist Schröder schon fast siebzig ...) zu mögen und gab ihm Recht! Aber was noch schlimmer ist: Nur weil ich Christian hinterher noch ordentlich die Meinung gesagt habe – oder um es christlich auszudrücken: Ich habe ihm „den guten Weg gewiesen" – kam ich so spät nach Hause, dass ich Saschas Anruf verpasste! Morgen fährt er übrigens zu seiner Gastfamilie! (Ob morgen Abend wohl endlich ein bestimmtes Telegramm kommt ...?)

Freitag, 16. August

Mann, bin ich froh, dass Frau Ulan hoffentlich nie herauskriegen wird, wer ihr die Liebesbriefe in Wirklichkeit ins Fach geschmuggelt hat! Habe heute zufällig mitgekriegt (als ich kurz ins Lehrerzimmer musste), wie Frau Ulan Herrn Ebalt angebaggert und ihm meine Briefe unter die Nase gehalten hat. Sie sagte ungefähr: „Andreas, du brauchst dich doch deiner Liebe nicht zu schämen! Ich verspreche dir, deine Frau wird nichts davon erfahren!" Ebalt: „Ich habe die Briefe nicht geschrieben! Die muss einer gefälscht haben! Und nun lass mich in Ruhe!" Ulan: „Andreas, lass uns in Ruhe darüber reden! Ich weiß, dass du ein Mann bist, der Schwierigkeiten hat, sich offen zu seinen Gefühlen zu bekennen, wenn sie gegen seine moralischen Ansichten stehen, aber ..." Ebalt (unterbricht sie): „Hör endlich auf mit dem Quatsch! Du bist überhaupt nicht mein Typ, Ingeborg!" Fr. Ulan: „Bin ich nicht?" Ebalt: „Nein! Ich würde eher vom Hochhaus springen, als dir solche Briefe zu schreiben!" Daraufhin brach Frau Ulan in Tränen aus (sie ist ja *so* sensibel!), und Ebalt hatte alle Mühe, sie wieder zu beruhigen. Zog es vor, mich schnellstens zu verdrücken. War vielleicht doch keine so gute Idee, das mit den Liebesbriefen ...

18.00 Uhr. Haben heute Nachmittag noch mal durchgesprochen, wie unser „Missionseinsatz" morgen auf dem Schützenfest ablaufen soll. War etwas chaotisch, weil Herr Schröder vom Chor aus auch ein Lied singen wollte. Jürgen lehnte das energisch ab, weil er das Lied „Mit meinem Gott kann ich Wälle zerschlagen" nicht so angebracht fand, weil genau neben uns ein Stand der Friedensbewegung „No Violence" seinen Stand aufbauen will! Außerdem meinte er, dass Christian dann wenigstens seinen Teddy („Sir Edgar" ...!) zu Hause lassen müsse, was Christian natürlich energisch ablehnte (Herr Schröder rief ihn extra deswegen an!). Frau Süßmilch bestand darauf, mit Herrn Kamerau zusammen die Leute anzusprechen und „seelsorgerliche Gespräche" zu führen, was Herr Kamerau aber nicht wollte (Frau Süßmilch scheint ein Auge auf ihn geworfen zu haben, seit im letzten Jahr ihr Mann verstarb). Frau Krein wollte unbedingt noch einen Extrastand, um ihre selbst gemachten Häkeldeckchen zu verkaufen, und Herr Bartens „bot sich demütig an", zwischendurch eine kurze Ansprache an die „Heiden" zu richten. Natürlich sagten wir alle, dass das nun wirklich nicht nötig wäre. Fürchte aber, er wird sich letztendlich nicht davon abhalten lassen. Hoffe nur, dass wirklich niemand vorbeikommt, der mich kennt ...!

Gott, bitte lass das nicht wieder in einer Katastrophe enden!

Samstag, 17. August

19.00 Uhr. Hoffe echt, dass Jesus heute Nacht wiederkommt – oder wenigstens, bevor ich am Montag wieder zur Schule muss! Unser Missionseinsatz war eine einzige Katastrophe! Schon wegen diesem Blödian Bartens *(ich weiß, Gott, so soll man nicht über seine Glaubensgeschwister sprechen, aber habe ich nicht Recht?)!* Bevor irgendjemand ihn aufhalten konnte, stellte er sich vor unseren Stand und rief laut: „Liebe Damen und Herren, liebe Mitmenschen! Ich bitte um Ihre werte Aufmerksamkeit (Leider blieben wirklich ein paar Leute stehen – blöderweise auch mein Kunstlehrer!)! Wie es schon mein Urgroßvater tat, möchte ich Ihnen zurufen: Lassen Sie sich retten! Der Sumpf des Bösen überschwemmt unser Land, und die zarten Seelen unserer Kinder und Kindeskinder werden verführt und betört von gräulichen Bildern des Hasses und der Gewalt! Wie grauenvoll und frevelhaft! (An dieser Stelle rief jemand vom Friedensstand nebenan: „Der Typ gehört nicht zu uns!") Doch noch schrecklicher ist die Sünde in uns, die unser Herz und unsere Seele verdunkelt und uns in Satans Gewalt bringt (Herr Bartens machte ein drohendes Gesicht und begann wie wild mit den Armen zu gestikulieren, sodass ein paar kleine vorbeilaufende Kinder anfingen zu heulen und zu ihren Eltern liefen – und ich versteckte mich hinter Jürgen, damit mein Kunstlehrer mich nicht sah.)! Deshalb rufe ich Ihnen zu, der Sie noch Satans Kinder sind: Bekehren Sie sich zu dem, der daselbst ..." In diesem Moment kam Herr Kamerau auf Herrn Bartens zu und behauptete, er hätte „die göttliche Eingebung" bekommen, ihn sofort nach Hause zu schicken. Herr Bartens (der sehr viel von „göttlichen Eingebungen" hält), sagte daraufhin zu den Leuten: „Mein Bruder im Herrn hat soeben vom Höchsten die Botschaft empfangen dürfen, dass der Herr denkt, ich würde zu Hause dringend gebraucht. Deshalb wird nun Bruder Kamerau weiter zu Ihnen sprechen!" Dann sauste Herr Bartens zum Glück davon. Herr Kamerau war erst etwas perplex und meinte dann: „Tja, ich dachte, es ist besser, wenn Herr Bartens nach Hause geht ... wir sind übrigens nicht alle so wie er ..." Einige lachten, aber die meisten gingen einfach weiter. Jürgen lief zu Herrn Kamerau (und gab damit die Sicht auf mich wieder frei) und dankte ihm, dass er diese peinliche Situation noch gerettet hatte. Da kam dann Herr Scherer auf mich zu und fragte mich: „Gehörst du etwa zu diesem frommen Verein, Paula? Also, einem Menschen mit so viel Kunstverstand hätte ich etwas mehr Sinn für Realität zugetraut und nicht solche religiösen Schwärmereien!" Spürte, wie ich knallrot anlief, und stammelte nur: „Na ja, wir ... ich ... also" Aber da war Scherer schon weitergegangen. Blöder Bartens! Ich wette, ohne den wäre unsere Gemeinde doppelt so groß, aber Typen wie er verscheuchen ja immer alle Leute! Auch sonst war unser Missionseinsatz nicht gerade von Erfolg gekrönt. Kein Wunder bei *den* Leuten! Frau Süßmilch baggerte dauernd Herrn Kamerau an, der die ganze Zeit nur damit zu tun hatte, sie abzuwimmeln, Frau Rittmann erzählte in ihren „seelsorgerlichen Gesprächen", die sie vorbeigehenden Leuten aufzwang, sämtlichen Gemeindeklatsch und schließlich kam auch noch Christian (der „rein zufällig" auf dem Fest war) mit seinem „Sir Edgar" und vertrieb jeden, der sich traute, mal einen Blick auf unseren Stand zu werfen! Ich wette, Paulus hätte schon seine erste Missionsreise abgebrochen, wenn er solche Typen wie

Bartens oder Christian in seinen Gemeinden gehabt hätte!!!

Abends rief Sascha endlich (!!!) mal wieder an! Seine Gastfamilie soll supernett sein! Eine Baptistenfamilie mit einer 15-jährigen, hübschen (!) und sehr netten Tochter! Hätte echt heulen können, als ich das hörte (obwohl mich das alles natürlich sehr für Sascha freut!). Hab' jetzt echt Angst, dass er mir doch untreu werden könnte ... *Bitte Gott, lass das nicht zu!!!*

Sonntag, 18. August

Heute Abend sang Christian zum ersten Mal mit im Chor. Musste echt grinsen, als ich Herrn Bartens beim Singen beobachtete, wie er ständig seine Stirn in Falten zog. Wahrscheinlich hat er die ganze Zeit überlegt, welche „geistliche Botschaft" Christian mit seinem „Sir Edgar" vermitteln wollte, den er natürlich beim Singen im Arm hielt. Habe mich gefragt, wie Christian das wohl bei der Arbeit macht – ich meine, der kann ja wohl nicht mit seinem Teddy im Arm vernünftig arbeiten ... (Was arbeitet der wohl überhaupt?)

Herr Klein erzählte noch mal lang und breit, wie toll er unsere Missionsaktion gestern fand und dass er denkt, sie sei „vielen zum Segen geworden". Nun ja, irgendwie scheint der von dem Ganzen nicht viel mitgekriegt zu haben ...

Nach dem Gottesdienst kam Christian ganz aufgeregt auf mich zu und meinte: „Paula, ich habe ein Buch geschrieben, und ich möchte dir die Ehre erweisen, mein Manuskript als Erste zu lesen!" Ich: „Du hast ein Buch geschrieben? Etwa wieder so eins mit nur drei Seiten wie vor zwei Jahren?" Er: „Nein, diesmal ist es ein Roman! Eine tragische Liebesgeschichte mit sehr hintergründigem Humor und sehr realitätsnah. Ich denke, sobald das Buch auf dem Markt ist, wird Steven Spielberg es verfilmen wollen ..." Ich: „Ach, so genial also! Mann, was bist du doch begabt!" Er: „Ich weiß, manche nenne mich deswegen auch Gabi, weil ich so begabt bin, meine ich ... also, hier ist mein Buch! Ich möchte dich bitten, es durchzulesen und mir hinterher schonungslos deine Meinung zu sagen!" Ich: „Willst du dir das wirklich antun?" Er: „Hach, dein Humor ist noch immer umwerfend! Aber glaube mir, ich kann mit Komplimenten umgehen (Nun flüsterte er wie dieser Sherlock Humbug aus der „Sesamstraße"). Ich bitte dich allerdings, niemandem Einsicht in dieses Werk zu geben, sonst klaut noch jemand meine Ideen!" Ich: „Keine Angst ..." Wollte ihn gerade fragen, ob er diesen Kram nicht jemand anderem aufdrücken kann, da drückte er mir ein DIN A4-Heft in die Hand und sauste davon. Seufz ...

Montag, 19. August

Habe mir heute Nachmittag erst mal das „Buch" von Christian angesehen. Er hat es unter dem Pseudonym „Tom Ahte" geschrieben und es trägt den originellen Titel: „Die Alpträume einer tomatensüchtigen und von ihren Eltern verlassenen Krankenschwester, die durch eine Therapie den wahren Sinn ihres Lebens erkennt und schließlich den Therapeuten heiratet und mit ihm Tomaten züchtet."

Las mir die ersten zwei Seiten durch, die eigentlich ausschließlich davon handeln, wie rot Tomaten sind. Hier nur die ersten beiden Absätze:

„Sie liebte Tomaten. Denn Tomaten sind rot, rot wie ein Feuerwehrauto. Tomaten sind rot wie die untergehende Sonne oder wie ein Sonnenbrand, wenn man zu lange draußen war bei schönem Wetter. Tomaten sind rot wie eine rote Ampel. Tomaten sind rot, wie ein roter Schal oder eine

rote Gardine. Tomaten sind rot wie verheulte Augen und rot wie der Lippenstift einer schönen Frau. Tomaten sind rot wie Johannisbeeren. Deshalb liebte sie Tomaten, weil sie so rot sind.

Sie war Krankenschwester. Manchmal fragte sie einen Patienten: „Soll ich Ihnen eine Tomate bringen?" Und dann fragte der Patient: „Warum?" Und dann sagte sie: „Weil Tomaten rot sind! Tomaten sind rot, rot wie ein Feuerwehrauto. Tomaten sind rot wie die untergehende Sonne oder wie ein Sonnenbrand, wenn man zu lange draußen war bei schönem Wetter. Tomaten sind rot wie eine rote Ampel. Tomaten sind rot, wie ein roter Schal oder eine rote Gardine. Tomaten sind rot wie verheulte Augen und rot wie der Lippenstift einer schönen Frau. Tomaten sind rot wie Johannisbeeren." Und dann sagte der Patient: „Sie haben Recht, Schwester, Tomaten sind rot, rot wie ein Feuerwehrauto. Tomaten sind rot wie die untergehende Sonne oder wie ein Sonnenbrand, wenn man zu lange draußen war bei schönem Wetter. Tomaten sind rot wie eine rote Ampel. Tomaten sind rot, wie ein roter Schal oder eine rote Gardine. Tomaten sind rot wie verheulte Augen und rot *wie der Lippenstift einer schönen Frau. Tomaten sind rot wie Johannisbeeren."* ...

Habe selten so einen Schwachsinn gelesen! Rief bei Christian an, um ihm so schonend wie möglich beizubringen, dass sein Buch Schrott ist (hatte, ehrlich gesagt, auch nichts anderes erwartet).

Sagte am Telefon: „Hi, Christian, ich habe dein Buch angefangen zu lesen und ... na ja, also ... ich habe noch nie *so* ein Buch gelesen! Das ist der totale ..."

Er (unterbricht mich): „Wahnsinn, stimmt's? Ich wusste, es würde dir gefallen! Aber spar dir deine Lobeshymnen, ich bin ein bescheidener Mensch. Du musst auch nicht überall erzählen, dass ich der genialste Autor bin, den du je kennen gelernt hast und ..."

Ich (unterbreche ich): „Also, ehrlich gesagt bin ich nicht so begeistert davon ..."

Er: „Du meinst, es gibt tatsächlich etwas, was man an meinem Buch ... aussetzen könnte?"

Ich: „Also ... ich denke zum Beispiel, der Titel ist zu lang ... der passt nicht auf das Buchcover und ..."

Er: „Aber wenn man ihn ganz klein schreibt?"

Ich: „Der Titel ist einfach zu lang! Den

kann sich doch kein Mensch merken!"
Er: „Wenn *ich* etwas schreibe, wird es jedem unvergesslich bleiben!"
Ich: „Ich finde ihn trotzdem zu lang, und ich schätze, so was würde kein Verlag drucken!"
Er: „Gut, dann werde ich ihn dir zuliebe kürzen!" (legt auf)
Der Typ ist echt nicht so ganz normal!

Dienstag, 20. August

Irgendwie habe ich ein schlechtes Gewissen. Frau Ulan wird immer stinkiger, und wenn Ebalt sie sieht, ergreift er immer gleich die Flucht ... Hätte ich bloß eine andere Handschrift verwendet! Betete abends im Gebetskreis dafür, dass Frau Ulan sich wieder „einkriegt" und etwas glücklicher wird.

Abends rief Sascha an: Peggy, seine „Gastschwester", hat ihm schon die halbe Stadt gezeigt und war gestern Abend mit ihm zu einem christlichen Konzert. Wie kann der sich nur ohne mich mit wildfremden Frauen so amüsieren gehen?! Sagte ihm, dass ich das nicht sehr christlich finde. Er lachte nur und meinte, ob er da eine Spur Eifersucht heraushören könnte. Lächerlich!

Gott, bitte nimm Sascha diesen Zynismus

und gib, dass er mir wegen dieser blöden Tussi, die sich offenbar total an ihn ranschmeißt, nicht untreu wird!!

Mittwoch, 21. August

15.00 Uhr. Unser Kunstlehrer scheint plötzlich was gegen mich zu haben. Jedenfalls hat er heute an meinem Bild ständig was auszusetzen gehabt ... Hm ...

18.00 Uhr. Eben rief Christian an: Er nennt sein Buch jetzt „Tomatenzucht für Anfänger"! Bin ja gespannt, ob der einen Verlag findet, der seinen Schwachsinn druckt!

Donnerstag, 22. August

Bekamen heute in Deutsch die Aufgabe, ein „tragisches Liebesgedicht" zu schreiben. Saß den ganzen Nachmittag an dieser blöden Sache, aber ich finde, mein Gedicht ist echt toll geworden und vor allem furchtbar tragisch! Es ist sozusagen das Abschiedsgedicht einer herrischen Ehefrau, die erst merkt, als ihr Mann tot davongebracht wird, wie viel er ihr bedeutet hat. Das Gedicht ist aus Sicht der Frau geschrieben. Also, hier ist es:

Er hat mich für immer verlassen

Heute Morgen ist es geschehen,
da konnte ich ihn davonfahren sehen.
Nun ist sein Ende also gekommen
und sie haben ihn mitgenommen.
Kräftige Männer packten hart zu,
und er fuhr davon zur letzten Ruh'.
Ich werde ihn nie wieder sehen.
Warum bloß musste das geschehen?
Ich denke an die vielen Tage
der gemeinsamen Arbeit und der Plage.
Wie viel musste er doch schlucken
im Leben,
so manchen Tritt hab' ich ihm gegeben.
Was mich störte, was schlecht und wider-
lich war,
das bekam er zu spüren, Jahr für Jahr.
Ich bin nicht sehr gut zu ihm gewesen,
das konnte man an seinem Aussehen
auch ablesen.
Doch eines, das soll jetzt jeder wissen:
Ich werde ihn wirklich schrecklich
vermissen.

Ich schätze, ein so tragisches Gedicht hat keiner von den anderen gemacht. Ich will mich ja nicht selbst loben (nichts läge mir ferner als das), aber manchmal bin ich ziemlich genial.

22.00 Uhr. Christian geht mir so was von auf den Keks! Als ich ihm beim Chor noch mal versuchte zu sagen, dass sein Roman der größte Käse aller Zeiten ist, ließ er mich gar nicht ausreden, sondern drückte mir stattdessen ein zweites Manuskript in die Hand mit dem Titel: „Von den Angstzuständen eines bananensüchtigen Krankenpflegers, der durch Meditation seine wahre Bestimmung entdeckt, schließlich seine Meditationslehrerin heiratet und Bananenplantagen anbaut!" Der Kerl lernt's nie ...! Habe ihm das Manuskript zurückgegeben und bin weggegangen, bevor er mich noch voll labern konnte.

Freitag, 23. August

Musste heute ja mein Deutschgedicht abgeben. Bin echt gespannt, was Herr Steffens (mein neuer Deutschlehrer) dazu sagt ...

Frau Ulan ist immer noch schlecht gelaunt ... was soll ich bloß machen?

(Nico hat's gut, der muss sich mit solchen Problemen nicht mehr rumärgern. Der hat die Schule hinter sich und fängt am 1. Oktober eine Ausbildung zum Diakon an!)

Abends rief Sascha wieder an: Er erzählte nur von Peggy (O.k., ich habe vielleicht etwas nachgefragt, aber trotzdem ...)!! Wenn man den reden hört, könnte man meinen, der ist seit fünf Jahren fest mit der zusammen! Als ich ihm das vorhielt, sagte er nur, meine „alberne Eifersucht sei ihm einfach zu blöd" (Da spricht doch das pure schlechte Gewissen aus ihm!) und legte auf! Nur wegen dieser dämlichen Peggy! Bin mir ziemlich sicher, dass er dabei ist, sich in die zu verlieben! *Gott, bitte lass das nicht zu! Kannst du nicht irgendwas passieren lassen, dass Sascha wieder zurückkommen muss?*

Samstag, 24. August

Heute Morgen rief Jürgen an und fragte, ob ich nicht Lust hätte, heute Mittag mal wieder mit den anderen vom Jugendkreis asiatisch essen zu gehen (der Restaurantbesitzer ist Christ und man soll ja Geschwister im Herrn immer unterstützen!). Sagte natürlich sofort zu. Fuhren dann gegen Mittag gemeinsam in die Stadt, und zu meiner Überraschung waren Coffee und Thomas auch mit von der Partie. Hab mich echt gefreut, sie mal wieder zu sehen. Als ich ihr von Christians Büchern erzählte, lachte sie sich halb tot. Überhaupt war es ganz nett.

Allerdings fand ich es total ätzend, wie Coffee immer ihren Thomas angehimmelt hat, hin und wieder haben die sich sogar umarmt! Fand ich echt unpassend, wo Leute wie Ottmar doch noch Single sind (und der war ja sogar schon mal mit Coffee zusammen!). Als ich ihr das vorsichtig sagte, behauptete sie, ich würde mit Sascha doch auch überall und bei jeder Gelegenheit rumknutschen! So ein Quatsch! Ich würde mich bestimmt nicht so ... so unsensibel benehmen!

Was noch ganz witzig war: Ottmar schnipste immer mit den Fingern im Takt zur Hintergrundmusik. Und durch sein Schnipsen fühlten sich ständig alle Ober angesprochen und kamen an unseren Tisch, bis Ottmar endlich mit seinem albernen Geschnipse aufhörte. Ich glaube, die Kellner waren ziemlich sauer auf ihn. Jedenfalls fiel seine Portion irgendwie kleiner aus als unsere ...

23.00 Uhr. War gerade beim Jugendkreis. Da einigen vom Mittagessen noch ziemlich schlecht war (um unseren Bruder im Herrn zu unterstützen hatten manche – natürlich auf Kosten der Gemeinde, denn es handelte sich ja quasi um eine Tat der Nächstenliebe – drei Portionen gegessen), waren nur sechs Leute gekommen und wir ließen das Thema „Unser Leib ist ein Tempel des Heiligen Geistes" ausfallen und machten stattdessen Spiele. Wehrte mich energisch dagegen, noch mal Therapy zu spielen (im Übrigen finde ich meine Nase immer noch ganz o.k. ... zumindest so einigermaßen).

Sonntag, 25. August

Herr Bartens ist echt ein „Prüfstein" für jeden halbwegs normalen Menschen. Ich glaube, Herr Kamerau (der heute mal wieder gepredigt hat) sieht das auch langsam so. Als Herr Bartens heute vor der Predigt noch kurz „ein Zeugnis geben wollte von den mächtigen Taten des Höchsten in seinem bescheidenen Leben", sagte Herr Kamerau (wahrscheinlich in Erinnerung an seine letzte Predigt, die durch Herrn Bartens doch sehr kurz ausgefallen war), er solle das doch *nach* der Predigt erzählen. Daraufhin sagte Herr Bartens, dann wolle er wenigstens noch kurz mit der Gemeinde beten, dass Gott „uns ein offenes Ohr für seine Botschaft in der Predigt seines Dieners" schenke. Das konnte Herr Kamerau ihm ja schlecht abschlagen, und so ging Herr Bartens mit einem triumphierenden Lächeln nach vorne und begann zu beten: „Herr, bitte schenke uns allen heute Abend ein offenes Ohr, damit wir verstehen, was du uns durch Bruder Kamerau sagen willst. Lass uns dein Wort klar werden, so wie du es mir immer wieder klar werden lässt. Danke, dass du mir zum Beispiel gezeigt hast, wie ich dieser armen Frau helfen konnte, die an der Bushaltestelle stand mit ihren schweren Körben. Kein anderer hat ihr geholfen, alle haben diese arme, alte, vom Leben gezeichnete Frau leiden lassen. Nur mich konntest du als Werkzeug deiner Barmherzigkeit gebrauchen! Danke, dass ich ihr die Körbe in den Bus tragen konnte und sogar eine junge Frau dazu auffordern konnte, der alten Frau ihren Platz zu geben! Und danke, dass ich die feindlichen, verbalen Angriffe dieser Frau dann zurückweisen konnte, als sie meinte, ich könne der Dame ja meinen eigenen Platz geben, obwohl ich doch vom Tragen der Körbe sichtlich erschöpft war. Danke, Herr, dass du mich dazu bevollmächtigt hast, dieser armen, alten Frau dann auch noch ein Wort von dir mit auf den Weg zu geben, in dem ich ihr sagte, sie könne immer alle Last bei dir abgeben! Und ich bin gewiss, Herr, dass du ihr auch vergibst, dass sie daraufhin ganz ungeistlich sagte ‚Gott hat mir noch nie meine Einkaufstaschen getragen!' Danke, Herr, dass ich ihr sicher ein leuchtendes Beispiel für christliche Nächstenliebe war und ..." An dieser Stelle rief Herr Kamerau laut: „Ja, dafür danken wir dir! AMEN!" Als er kurz darauf über den Vers „Geduld aber tut euch Not ..." (Hebräer 10,36) predigte, sah er immer wieder seufzend zu Herrn Bartens hinüber. *Gott, warum können Leute wie die Bartens sich keine andere Gemeinde suchen?!*

Montag, 26. August

Bekam heute mein Deutschgedicht wieder mit der Randbemerkung: „Das Gedicht sollte tragisch und nicht humorvoll sein!" Verstand erst nicht ganz, warum Herr Steffens mein so tragisches Gedicht humorvoll finden konnte, sah dann aber, dass Nico (in meiner Handschrift, die er ziemlich perfekt nachmachen kann) unter mein Gedicht noch die Zeilen geschrieben hatte:

> Ob in Berlin, Halle, Worms oder Minden;
> Nie wieder werde ich solch einen *Mülleimer* finden!

Dieser Idiot hat wahrscheinlich mein Gedicht auf dem Schreibtisch liegen gesehen, als ich zum Chor war. Und dann hat er diesen Schwachsinn geschrieben und mein Deutschheft anschließend in meine Schultasche gesteckt, und so ist mir das gar nicht aufgefallen! Habe Nico daraufhin erst mal zusammengestaucht (So einer will DIAKON werden!!)! Er hat mir dann als Entschädigung ein neues Gedicht versprochen. Ich brauche jetzt zwar keins mehr (ich habe versucht, Herrn Steffens die Sache zu erklären, aber er hat mir nicht geglaubt und nur gesagt, die Sache sei für ihn erledigt ...), aber Nico soll mir trotzdem mal eins schreiben. Strafe muss sein! Bis nächste Woche hat er Zeit.

Dienstag, 27. August

In der Wichteljungschar war's heute echt lustig. Die Kids sind dauernd auf Ottmar rumgeturnt und nennen ihn jetzt „Ottili". Die scheinen merkwürdigerweise total an ihm zu hängen (was ich Ottmar natürlich gönne, ich wundere mich nur ...). Hinterher wollte Monique (6 Jahre) partout nicht nach Hause gehen, und da meinte Ottmar: „Monique, wenn du jetzt nicht langsam gehst, macht deine Mama sich bestimmt Sorgen! Die denkt dann, du wurdest von einem Auto überfahren!" Darauf Monique:

„Nee, die weiß ja gar nicht, dass du ein Auto hast!"

22.00 Uhr. War abends zum Gebetskreis. Herr Bartens war heute ausnahmsweise nicht da – welch eine Erholung! *(O.k., Gott, das war jetzt fies, aber ich habe es trotzdem richtig genossen, dass er mir nicht wieder die Hände auflegen konnte und so ...)* Was mich wundert, ist, dass seine Söhne nicht mit zum Gebetskreis kommen. Muss doch mal nachfragen, warum die „ihre Christenpflicht so vernachlässigen" ... (bin gespannt auf Herrn Bartens Gesicht, wenn ich ihn das frage!)

Mittwoch, 28, August

16.00 Uhr. Seit diesem dämlichen Missionseinsatz auf dem Schützenplatz behandelt mich Herr Scherer wie jemanden, der eine Kuh nicht von ihrer Melkmaschine unterscheiden kann! Britta grinste heute (nachdem dieser Depp sich mal wieder ausgiebig über mein Bild lustig gemacht hatte): „Du Ärmste, was hast du bloß angestellt, dass du nicht mehr Scherers Liebling bist?" Blöde Kuh! Als ob er früher meine Bilder nur gut bewertet hat, weil ich sein „Liebling" war! Ich bin künstlerisch begabt, das ist alles!

Gott, mach doch, dass Scherer das auch wieder einsieht!

22.00 Uhr. Eben rief Sascha an. Er scheint dort regelrecht aufzublühen! Peggy nennt ihn immer „Mr. Hippie", weil er sich jetzt spaßeshalber einen Bart wachsen lassen will! Wahrscheinlich nur wegen ihr! Angeblich sind ihre Freunde auch sehr nett! Der scheint echt nur noch mit der zusammen zu sein! Ich hab' ja gewusst, dass dieser dämliche Amerika-Aufenthalt das Ende unserer Freundschaft wird! Sascha lacht immer nur, wenn ich so was sage, und dann meint er immer, dass er trotzdem ständig an mich denkt und mich schon vermisst! Ha ha, das glaubt der doch selbst nicht! Wahrscheinlich hat der mich nie richtig geliebt ...!

Donnerstag, 29. August

Heute hat Nico mir sein „tragisches Liebesgedicht" gegeben. Hier ist es:

Wir könnten ...
(oder: Tragische Liebe eines 6-Jährigen)

Ich wünschte trotz meiner zarten sechs Jahr',
wir beide, wir wären ein Liebespaar.
Wir könnten zusammen tolle Buden bauen

und den blöden Jan von Schröders
verhauen.
Wie könnten zusammen spielen und lachen,
und du könntest für mich Plätzchen
machen.
Wir könnten den ganzen Tag Videos
sehen
und würden nie mehr vor neun ins Bett
gehen.
Wir würden täglich zu McDonalds laufen
und dann würden wir uns zehn „Happy
Meals" kaufen,
und die Spielsachen, die da drinne sind,
die heben wir dann auf für unser Kind.
Ich brächte dir bei, wie man Fußball spielt
und mit Steinen auf Schröders Fenster
zielt.
Wir würden zusammen nach Disneyland
fahren,
denn wir beide müssten nicht immer nur
sparen.
Wir wären wirklich ein Klasse Paar!
Doch leider wird dieser Traum wohl nicht
wahr,
weil du – und das ist echt voll der Mist –
ja leider meine Lehrerin bist!

Fand das Gedicht irgendwie echt süß (wenn auch natürlich nicht so genial wie meins!) ...

Ob ich das vielleicht in Deutsch noch nachreichen sollte? (Nur, um mal zu sehen, was Steffens dazu sagt, natürlich.)

Freitag, 30. August

Habe heute Steffens das Gedicht von Nico gezeigt (sagte natürlich nicht, dass es von Nico ist), der das total gut fand, wenn natürlich auch mehr humorvoll als tragisch. Er hat sich in sein Büchlein ein + + notiert (was einer 1 gleichkommt), weil ich mir „so viel Mühe gemacht habe, extra noch ein Gedicht zu schreiben". Habe jetzt ein bisschen ein schlechtes Gewissen, weil ich nicht gesagt habe, dass es gar nicht mein Gedicht war ... Andererseits hat Nico ja auch mein Gedicht versaut, und da ist das doch nur gerecht, oder?

Gott, falls das nicht OK ist, dann lass heute Abend als Zeichen Herrn Bartens bei uns anrufen und sagen, dass er und seine Familie die „göttliche Weisung" erhalten haben, nach Sibirien auszuwandern und dort eine McDonalds-Filiale zu eröffnen!

Samstag, 31. August

Wow, Gott ist mit Nicos Gedicht einverstanden! Jedenfalls hat sich Bartens nicht gemeldet (wobei mir das vielleicht noch lieber gewesen wäre ... also, wenn diese Familie nach Sibirien ausgewandert wäre.)

Danke, Gott!

22.00 Uhr. Komme gerade vom Jugendkreis. Heute haben Jürgen und Silas das Thema „Christen sind ehrlich" vorbereitet. Ich weiß zwar nicht (zumindest nicht so ganz genau), warum, aber ich hatte dabei irgendwie so ein schlechtes Gewissen und musste dauernd an das Gedicht denken. Aber wenn Gott mir doch ein eindeutiges Zeichen gegeben hat (und diesmal war es doch viel klarer als die Sache mit dem „Schmeckt's?") ...

Bei der Diskussion kam das Gespräch dann auch auf untreue Freunde, und Angela erzählte ausführlich, wie ihr Freund sie schon mal betrogen hat. Mit einer Amerikanerin! Als er in den USA war! Musste dauernd an Sascha denken. Der hat sich schon seit Tagen nicht mehr gemeldet. Kann diese blöde Kuh ihre intimsten Partnerschaftskatastrophen nicht für sich behalten? So was gehört doch echt nicht in eine Jugendstunde!

Sonntag, 1. September

Heute war mal wieder Familiengottesdienst. War echt gut. Vor allem, weil Herr Klein das Thema „Einigkeit ist wichtig" von der Gemeinde raten ließ. Dazu hielt er nacheinander die Silben Ei-nig-keit-ist-wich-tig hoch. Als er das Plakat mit „Ei" hoch hielt, rief ausgerechnet Johannes Bartens (acht Jahre) ganz laut: „Eisprung!" Alle sahen zu Herrn und Frau Bartens, die knallrot anliefen (vermutlich waren sie schon über die Tatsache entsetzt, dass ihr jüngster Sohn solche Begriffe überhaupt kennt). Herr Klein blieb ganz cool und sagte nur: „Nicht ganz! Rate mal weiter, Johannes!" Doch um Schlimmeres zu verhindern, holte Herr Bartens schnell ein Taschentuch heraus und putzte seinem Sohn (einem Achtjährigen!) so intensiv die Nase, dass der nichts mehr sagen konnte. Zum ersten Mal, seit ich denken kann, blieben die Bartens hinterher nicht zum gemeinsamen Essen! Schade eigentlich; hätte Herrn Bartens doch zu gerne gefragt, warum sein Sohn wohl ausgerechnet auf diesen Begriff gekommen ist ...

(Sascha hat immer noch nicht wieder angerufen ... und mir auch keine Mail geschickt! *Gott, lass das nicht zu, dass er sich von mir trennt! Bitte, bitte, bitte, bitte!!!)*

Montag, 2. September

Heute in Mathe war's echt gut – und das, obwohl wir 'ne Klassenarbeit geschrieben haben. (Habe gestern ausnahmsweise mal so richtig gelernt!) Wir haben nämlich seit diesem Jahr so einen neunmalklugen Besserwisser in der Klasse, der heißt Jean und glaubt, dass er wer weiß wie cool und clever ist und dass er jeden übers Ohr hauen kann. Aber heute hat er 'ne volle Bauchlandung gemacht, sozusagen. Als wir heute die Mathearbeiten bekamen, rief er gleich laut: „Herr Kerner, ich weigere mich, diese Arbeit zu schreiben! Diese Arbeit hat genau 13 Aufgaben! Das muss doch Unglück bringen! Und da mache ich nicht mit! Ich bin nämlich sehr abergläubisch!" Der Typ dachte allen Ernstes, dass er damit durchkommt! Als Kerner erst nur gegrinst hat, weil er das für einen Scherz hielt, machte Jean ein richtiges Theater (schauspielern kann er ja, das muss man ihm lassen). Schließlich lief Kerner zu ihm hin, nahm seinen Zettel und – schrieb noch eine Aufgabe dazu, damit es vierzehn waren! Jean hat vielleicht doof geguckt!

In Deutsch meinte Steffens zu mir, er wolle mein Gedicht (also, das von Nico) in die Schülerzeitung setzen und ob ich damit einverstanden wäre. Fühlte mich irgendwie sehr geehrt und sagte zu. Habe jetzt aber doch irgendwie ein schlechtes Gewissen ... ob das mit dem Anruf von den Bartens vielleicht doch nicht so ganz „fair" war? Hm ...

17.00 Uhr. Rief eben bei Herrn Steffens an und sagte (trotz des „göttlichen Zeichens"), dass Nicos Gedicht nicht von mir war. Er war erst etwas sauer, lobte dann aber meine Ehrlichkeit und war eigentlich sehr nett. Fühlte mich hinterher echt besser! *Danke, Gott! Ich glaube, ich sollte mit „göttlichen Zeichen" in Zukunft etwas kritischer sein, oder?*

Sascha hat immer noch nicht angerufen. Ob Peggys Nase schöner ist als meine ...?

Dienstag, 3. September

18.00 Uhr. Komme gerade von der Wichteljungschar. Irgendwie werden es immer weniger Kinder (dabei machen Otti und Daniela ihre Sache eigentlich gar nicht so schlecht ...). Hoffentlich nur eine vorübergehende Flaute ... Als heute Marvin (4 Jahre und herzkrank) zur Wichteljungschar gebracht wurde, fragte er seine Mutter: „Mama, wo wohnt'n eigentlich der Jesus?" Seine Mutter wurde etwas unsicher und sagte dann mit diesem typischen „Glaub-einfach-was-ich-dir-sage-auch-wenn-ich-selbst-keine-Ahnung-habe-Lächeln": „Der wohnt in deinem Herzen, mein Schatz!" Darauf Marvin ganz erstaunt: „Echt? Da wohnt der?" Als er kurze Zeit später bei einem Spiel völlig aus der Puste kam, hämmerte er gegen seine Brust und meinte: „Nun mach doch nicht so einen Wirbel, Jesus! Räumst du gerade die Möbel um, oder was?" Otti, Daniela und ich hatten echt alle Mühe, ihm klar zu machen, dass Jesus nicht in seinem Herzen wohnt, jedenfalls nicht wirklich. Wir hatten ihn gerade halbwegs überzeugt („Deine Mama hat das nicht so gemeint!"), da wünschte sich Lisa, die Geburtstag hatte, ausgerechnet das Lied „Lass doch Jesus in dein Herz". Und schon hatten wir wieder die schönste Diskussion! Wieso heißt das eigentlich immer in den ganz besonders frommen Kreisen „Gib Jesus dein Herz!" oder „Jesus macht dein Herz rein"? Ich meine, das Herz ist doch nur ein Organ, ein Körperteil ... da könnte man doch ebenso gut sagen: „Gib Jesus deine Milz!" Warum denkt man da immer nur an das Herz? Hm ...

22.00 Uhr. War abends zum Gebetskreis. Habe einfach mal gebetet: „Herr, komm in mein Herz und reinige es von allem, was schlecht ist – und auch meine Leber, meine Lunge, meinen Verdauungstrakt, meine Knochen, meine Milz, meine Nerven und meinen übrigen Körper!" Irgendwie muss Herr Kleidermann, der neben mir saß (hatte mich extra nicht wieder neben Herrn Bartens gesetzt), das falsch verstanden haben, denn er legte mir plötzlich die Hände auf den Kopf und betete mindestens eine halbe Stunde dafür, dass Gott mich „von meinen vielen Gebrechen heilen und meinem Körper wieder Kraft geben möge" (Er hat auch für meine Nase gebetet ...!). Unterbrochen wurde er nur von einigen anderen, die zwischendurch immer inbrünstig „Amen" sagten. Mir war das ja so peinlich! Besonders, als mich Herr Kleidermann hinterher fragte, ob es mir jetzt schon besser ginge. Traute mich nicht, ihm nach seinem so gut gemeinten Gebet zu sagen, dass mir im Grunde gar nichts gefehlt hatte, und sagte nur: „Oh, mir geht es prächtig! Ich fühle mich richtig fit!" Daraufhin strahlte er wie einer, der zehn Millionen im Lotto gewonnen hat: „Ich wusste, dass Beten hilft!" Kam mir irgendwie miserabel vor ... (Zum Glück waren Mama und Paps nicht da, weil sie zu einem Geburtstag mussten!) *Gott, muss ich jetzt ein schlechtes Gewissen haben? Ich meine, was kann ich denn dafür, wenn mich immer alle falsch verstehen?!*

Mittwoch, 4. September

In der Schule haben wir heute einen neuen Erdkundelehrer bekommen, weil unsere alte Lehrerin in Mutterschaftsurlaub geht. Der Typ sieht nicht nur aus, als hätte man ihn 1750 eingefroren und erst jetzt wieder aufgetaut, er spricht auch so! Statt „Guten Morgen" sagte er „Seid mir gegrüßt!", und so ging das die ganze Stunde weiter. Als Flo (mein Exfreund Florian, der leider immer noch in meiner Klasse ist und alle zwei Wochen 'ne andere Freundin hat) fragte, ob er nicht etwas weniger geschwollen reden könnte, sagte Herr Rufer: „Möchtest du mir damit andeuten, dass dir deucht, ich sei der deutschen Sprache nicht mächtig?" So viel zu modernem Schulwesen.

Habe abends endlich mal wieder meine E-Mails abgerufen (bin die letzten Tage irgendwie nicht dazu gekommen). Und da fand ich folgende Mail vom 31. August von Sascha:

„Hallo Terzelchen! (*Er nennt mich immer noch so, obwohl wir beide immer noch nicht*

wissen, was ein Terzel überhaupt ist.) Leider ist hier das Telefon kaputt und mein Handy auch. Deshalb schicke ich dir jetzt eine E-Mail (obwohl du ja weißt, dass ich nicht so gerne maile). Uns geht's prima hier. In den nächsten Tagen wollen Peggy und ich ganz viel in der Gemeinde helfen, hier findet nämlich eine Evangelisation statt. Bin gespannt, wie's wird! Und was machst du so? Gibt's schon neue Storys von Christian? Melde dich mal!
Ciao, dein dich wahnsinnig liebender Sascha!"

Dann waren da noch E-Mails von den darauf folgenden Tagen, in denen Sascha in aller Ausführlichkeit beschrieb, was er alles Tolles mit Peggy gemacht hat, wie schön sie singen kann, wie engagiert die Leute da sind, usw., usw. Irgendwie war ich hinterher echt sauer! Der scheint mich kein bisschen zu vermissen! Wenn ihm diese blöde Peggy schon so gut gefällt, kann er ja gleich für immer bei ihr bleiben, dieser Blödmann! Ist doch wahr! Mailte nur zurück: „Ich wette, Peggy hat auch eine wunderschöne Nase, oder? Viel Spaß noch!"

Donnerstag, 5. September

Heute rief Tante Erna (Tante Olgas Schwester, aber immer noch supernett!) an und sagte, sie wolle uns morgen mal für eine Woche besuchen! Freue mich schon drauf! Wird bestimmt lustig! (Und sie lenkt mich von Sascha ab!)

22.00 Uhr. Habe heute Christian beim Chor gefragt, ob er schon einen Verlag für seine Bücher gefunden hat. Darauf meinte er allen Ernstes: „Ach, Paula, weißt du, ich denke nicht, dass irgendein Verlag es verdient hätte, ein Werk wie meines zu veröffentlichen (bis zu diesem Punkt war ich noch ganz seiner Meinung; so schlecht kann ein Verlag gar nicht sein, dass er das verdient hätte). Meine Romane sind so einzigartig und grandios, dass ich auch die Gestaltung des Covers und all das andere selbst in die Hand nehmen möchte, damit es der Genialität meiner Werke gerecht wird. Ich habe deshalb beschlossen, selbst einen Verlag zu gründen!" Ich: „Du willst echt einen Verlag gründen?? Das muss doch irre teuer sein!" Er: „Nicht der Rede wert. Wir haben's ja. Du weißt ja, ich bin von Beruf Sohn reicher Eltern!" Das wusste ich zwar noch nicht, hätte es mir aber bei seinen Schickimicki-Klamotten eigentlich denken können. Fragte: „Und wie heißt dein Verlag? Christian-Heinemann-Verlag?" Er (lacht dämlich): „Nicht doch, das wäre doch zu einfach. Außerdem klingt das zu ... zu gewöhnlich. Nein, ich werde ihn Sir-Edgar-Verlag nennen, denn ich habe es sicher nur meinem Sir Edgar zu verdanken, dass mir solche umwerfenden Ideen für meine Bücher gekommen sind!" Dann knuddelte er seinen Riesenteddy. Echt schwer zu glauben, dass dieser Typ schon über 25 sein soll (obwohl, aussehen tut er eher wie 45 ...).

Freitag, 6. September

Heute Nachmittag kam Tante Erna bei uns an, was uns alle sehr freute. Nach dem Kaffeetrinken wollte ich gerade in mein Zimmer gehen, als es an der Tür klingelte. Als ich öffnete, stand Ottmar vor mir und meinte, er habe morgen Geburtstag, und da wolle er eine „60er-Jahre-Party" machen (wahrscheinlich die einzige Zeit, in der Otti sich auskennt, wenn man ihn so sieht ...) und ob ich nicht auch kommen wollte. Wollte gerade absagen, da kam Tante Erna angelaufen, die das offenbar mitgehört hatte, und meinte: „Was wird denn da gemacht?" Otti: „Da tanzen wir zu Musik von Peter Kraus und so ..." Da rief Tante Erna (87!)

begeistert: „Oh Paula, Musik von Peter Kraus! Paula, da müssen wir unbedingt hingehen!" Dachte, ich höre nicht richtig! Ich: „Wir? Wie meinst du das?" Sie: „Na, ich will mit, wenn dein netter, gut aussehender Freund nichts dagegen hat!" Otti (etwas verdutzt, aber wohl auch etwas erfreut über dieses Kompliment – bin sicher, ihm hat noch nie jemand gesagt, dass er gut aussieht ...): „Ähm ... Klar! Es wäre mir eine Ehre, gnädige Frau!" (Schleim ...!) Tante Erna: „Also, dann bis morgen. Um wie viel Uhr sollen wir denn kommen?" Otti: „Um halb acht! Der Jugendkreis fällt extra deswegen aus!" Ich (wollte unbedingt verhindern, auf diese blöde Party gehen zu müssen – und dann noch mit Tante Erna!): „Findest du das nicht sehr unchristlich, Otti? Ich meine, dass deine Party uns daran hindern soll, über Gott zu reden?" Er: „Das ist schon o.k., Jürgen will die Party mit einer Andacht beenden! Also, dann bis morgen!" Und schon war er weg. Tante Erna ging ganz verzückt in ihr Zimmer und freute sich wie ein Teenager aufs erste Date! Irgendwie ja ganz süß – aber werde ich hier vielleicht auch noch mal gefragt, was ich von der ganzen Sache halte? Na ja, ich wette, die hat spätestens nach zehn Minuten die Nase voll von dem Lärm dort und will dann wieder nach Hause ...

Man sollte wirklich nicht glauben, dass Tante Erna Tante Olgas Schwester ist ...!

(Noch keine weitere Mail von Sascha! Wahrscheinlich hat er sich schon mit Peggy verlobt! ... Pah, der kann mir doch gestohlen bleiben, dieser Blödmann!)

Samstag, 7. September

23.00 Uhr. Kann immer noch nicht glauben, was ich heute Abend erlebt habe! Muss ein Alptraum gewesen sein! Oder ich habe Halluzinationen gehabt! War jedenfalls echt 'n Hammer! Pünktlich um halb acht kam ich mit Tante Erna zu Otti, wo schon etliche andere aus unserem Jugendkreis waren. Einige tanzten tatsächlich zu der Musik von diesem Peter Kraus, und Tante Erna war ganz hin und weg und forderte Otti zum Tanzen auf. Und dann tanzten die beiden und sangen diese alten Schnulzen laut mit – aber was noch schlimmer war: Tante Erna schmiegte sich dicht an Otti an und küsste den armen Kerl immer wieder, der davon natürlich wenig begeistert war (Tante Olga wäre glatt in Ohnmacht gefallen, wenn sie das gesehen hätte!). Alle anderen grinsten nur noch, und mir war das voll peinlich!! (Zu blöd, dass nicht wenigstens Nico dabei war – der geht jetzt in den Hauskreis einer anderen Gemeinde, weil er dort einen guten Freund hat – Nico hätte die Situation sicher irgendwie retten können.) Kam mir vor wie im falschen Film – so hatte ich Tante Erna noch nie erlebt. Hoffte nur, dass niemand mitbekam, dass Tante Erna zu mir gehörte. Aber es kam noch schlimmer. Einer von den Gästen hieß Marco, und der sah nicht nur total gut aus, sondern schien mit seiner absolut sympathischen, witzigen Art hier genauso fehl am Platz zu sein wie ich. Ich setzte mich zu ihm, und wir unterhielten uns eine ganze Weile. War richtig schön! (Und der hat sich auch nicht an meiner Nase gestört, glaube ich ...) Doch gerade als wir mitten im Gespräch waren, kam Tante Erna und meinte zu ihm: „Na, junger Mann, darf ich dich zum Tanz auffordern? Du siehst so knackig aus! Du kannst ja später noch mit meiner Großnichte flirten! Ich heiße Erna, und wer bist du, mein Süßer?" Ich bin sicher, irgendein Scherzkeks hat Tante Erna Whisky oder so was in ihren Orangensaft gekippt, anders kann ich mir ihr unmögliches Verhalten nicht erklären. Mir war das so was von peinlich!!! Marco sah mich an, als wollte er sagen: „Ist diese abgedrehte Oma echt mit dir verwandt?" Dann schleifte ihn Tante Erna auch schon auf die Tanzfläche, umarmte ihn und sang ihm lautstark ins Ohr. Ich gab Otti ein Zeichen, die Musik auszudrehen, aber der verstand mich leider falsch und drehte sie noch lauter! Daraufhin sang Tante Erna noch lauter. Marco hat verzweifelt versucht, von ihr loszukommen, aber er traute sich wohl nicht, sie einfach wegzuschubsen. Ich stand wie gelähmt daneben und hoffte auf so etwas wie ein mittleres Erdbeben. Als Tante Erna dann beim Lied „Oh Diana" gerade sang „... träumte von ihr fast ein Jahr, weil sie schön wie Mutter war ...", da trat sie Marco dermaßen fest auf die Füße, dass Marco sich humpelnd hinsetzte. Zog es vor, unseren „Flirt", wie Tante Erna es nannte, nicht mehr fortzusetzen und stattdessen lieber schleunigst mit Tante Erna von der Bildfläche zu verschwinden! Otti verabschiedete sich von mir mit den Worten: „Oh Mann, deine Tante ist ja echt ... ziemlich schräg drauf!" Nun ja ... Ich merkte erst im Flur, dass Tante Erna tatsächlich eine Fahne hatte – und was für eine! Und das, wo sie doch sonst immer absolut gegen Alkohol ist. War froh, als wir endlich zu Hause waren (zumal Tante Erna gewisse

Schwierigkeiten mit dem Geradegehen hatte) ...

Sonntag, 8. September

Heute Morgen kam Tante Erna zum mir ins Zimmer und fragte mich ganz zerknirscht, was sie nur Schlimmes angerichtet habe, sie könne sich nur noch „unvollständig und schemenhaft" an den gestrigen Abend erinnern. Als ich ihr daraufhin leise (sie hatte tierische Kopfschmerzen) erzählte, wie der Abend gestern verlaufen war, wäre sie offensichtlich am liebsten vor Scham im Boden versunken. Wir rätselten dann beide, wie es überhaupt so weit kommen konnte, und schließlich kamen wir auf die Lösung: Tante Erna hat ein neues Blutdruckmittel bekommen, aber wohl versehentlich in der Apotheke, in der sie Nachschub kaufen wollte, eine Art Potenzmittel erwischt, das sich bei ihr so merkwürdig auswirkte. Und zu allem Überfluss hat sie dann wohl auch noch ihr Glas mit dem eines Säufers verwechselt und sich auf nüchternen Magen einiges an Schnaps reingezogen. Tante Erna meinte schließlich, dass sie nie mehr ihr Zimmer verlassen, geschweige denn aus dem Haus gehen werde und bis ans Ende ihrer Tage um Vergebung beten werde. Erst als ich ihr sagte, dass es sooo schlimm ja gar nicht war und die anderen es eigentlich kaum gemerkt haben (nun gut, das war vielleicht etwas geheuchelt ...), ließ sie sich etwas beruhigen. Arme Tante Erna! Irgendwie tat sie mir richtig Leid ... Musste ihr versprechen, dass ich keinem was davon erzähle, vor allem Tante Olga nicht. Hab ich natürlich auch nicht gemacht (außer Nico, Coffee, meinen Eltern und einigen anderen, die das aber bestimmt für sich behalten werden. Jedenfalls haben sie mir das versprochen - und als Christ hält man sich ja auch an solche Versprechen!).

22.00 Uhr. Heute Abend in der Gemeinschaftsstunde war es echt lustig. Herr Mörtel, so ein Typ mit Ansichten von vor 3000 Jahren (zum Glück gehört er nicht zu unserer Gemeinde), predigte mal wieder, diesmal zum Thema „Die Frau sei dem Manne untertan". Erst mal sprach er lang und breit darüber, wie „gottlos und grauenhaft, ja sogar teuflisch" die Emanzipation der Frauen wäre, die offenbar dächten, ihr Platz sei nicht mehr nur die Küche, sondern auch an einem Arbeitsplatz! Frauen, die sich anmaßten, sie könnten sich den Männern gleichstellen und selbst Geld verdienen, ja, es solle sogar Frauen geben, die glaubten, dass Männer im Haushalt mithelfen müssten! Widerspenstig und undankbar seien die Frauen von heute, und es gäbe auch noch christliche Männer, die das einfach so mit sich machen ließen, ja, die ihre Frauen sogar bei der Hausarbeit freiwillig unterstützten und sich von ihren Frauen auch noch Vorschriften machen ließen! Das sei eine Schande für alle christlichen Gemeinden!

Mama und Paps sahen sich immer nur vielsagend an und seufzten wohl innerlich. Aber dann kam das eigentlich Lustige. Plötzlich klingelte nämlich ein Handy, und Herr Mörtel rief wütend: „Wer wagt es, meine Predigt zu stören?" Doch da merkte er, dass es sein eigenes Handy war. Er nahm schnell ab, und dann sagte er ganz kleinlaut: „Ach, Liebes, du bist es ... gewiss, Liebling, ich komme pünktlich ... ja, es tut mir Leid, dass ich es nicht mehr geschafft habe, das Bad zu wischen, aber ich brauchte so lange für das Wohnzimmer ... Nein, ich habe deinen Termin beim Vorstand morgen nicht vergessen ... natürlich, mach ich ... wie du willst ... gewiss, mein Schatz ... ja, ich bin um neun zu Hause ... ja, ich habe das Fleisch für morgen schon aus dem Gefrierfach geholt ... nein, ich würze es nicht mehr so scharf ... Liebes, ich muss jetzt aufhören ... nein, ich will dich nicht unterbrechen, aber ... Gewiss, Liebes ... natürlich ... ja, bis gleich ..." Er legte auf und war knallrot. Obwohl er eigentlich erst bei Punkt 3 von 17 Punkten seiner Predigt angekommen war, war er nun erstaunlicherweise schon nach einer Minute fertig. Nico lief nach dem Gottesdienst auf ihn zu und meinte: „Das war wieder mal sehr aufschlussreich, Bruder Mörtel! Vielleicht sollten Sie das nächste Mal zum Thema ‚Du sollst nicht lügen' oder ‚Du sollst den Feiertag heiligen' sprechen! Diese Themen würden mich sehr interessieren!" Manchmal liebe ich Nico (das heißt, ich liebe ihn als Christ natürlich immer, aber manchmal besonders ...)

Hörte hinterher Frau Rittmann, die Mama ellenlang vorjammerte, dass sie nichts mehr zu tun habe, seit ihre Tochter vor kurzem mit den Kindern weit weg gezogen sei und sie nun nicht mehr auf ihre Enkel aufpassen könne ... Die hat Probleme! Wenn sie wirklich so unter Arbeitsmangel leidet, kann sie gerne meine Physikklausur am Donnerstag schreiben!

Montag, 9. September

Traf heute in der Schule Marco, den tollen Typen von Ottis Party (Komisch, dass der mir vorher noch nie aufgefallen ist ...). Ich lief auf ihn zu und erklärte ihm, warum Tante Erna sich so daneben benommen hatte (sie ist übrigens heute wieder nach Hause gefahren) und dass sie sonst eigentlich schwer in Ordnung ist. Marco lachte sich halb tot, und dann haben wir uns noch total nett unterhalten. Der Typ ist echt in Ordnung – und Christ ist er auch! Wollen morgen in der großen Pause weiterreden. Und am Freitag will er mal bei uns in den Jugendkreis kommen! (Er gehört eigentlich zu einer anderen Gemeinde und kennt Otti aus einem Schachklub – wusste gar nicht, dass Otti Schach spielen kann ...) Freue mich schon richtig auf den!

Abends rief Sascha an: Er erzählte, wie toll die Evangelisation war, dass ihm die Schule dort viel mehr Spaß macht als hier, usw. Von Peggy sprach er natürlich auch wieder (als ich nachfragte)! Als ich ihm die Story von Tante Erna erzählte und dabei auch ein kleines bisschen Marco erwähnte (na gut, vielleicht so etwa zehn Minuten, aber bestimmt nicht mehr), meinte er gleich: „Du willst mir doch wohl nicht untreu werden, oder?" Der hat es gerade nötig, so was zu sagen! Ich sage nur: Peggy! Mir war seine alberne Eifersucht echt zu blöd, und ich legte einfach auf. So, das hat er nun davon.

Dienstag, 10. September

14.00 Uhr. Habe mich heute in jeder Pause mit Marco unterhalten! Der Typ ist irgendwie echt süß ... Ob der wohl schon in festen Händen ist? (Hab' mich nicht getraut zu fragen.) Nicht, dass mich das irgendwie interessieren würde, ich meine ja nur so ...

18.00 Uhr. Heute waren wieder nur vier Kinder in der Wichteljungschar. Dabei waren das früher manchmal über zwanzig! Ob wir irgendwas falsch machen? Aber was?

Habe mich hinterher noch mit Otti über seinen Schachklub unterhalten und mal ganz unverbindlich gefragt, ob man da einfach so mitmachen kann. Man kann! Vielleicht wäre das ja mal was für mich ... ich meine, Schach ist ja wirklich ein gutes Spiel, das den Intellekt fördert und das logische und vorausschauende Denken und überhaupt ...

22.00 Uhr. Betete abends beim Gebetskreis darum, dass mehr Kinder in die Wichteljungschar kommen sollen. Herr Bartens betete daraufhin, dass Gott uns Mitarbeitern „Einsicht und Weisheit geben möge, damit wir mit den Kindern so liebevoll umgehen, dass sie sich bei uns wohl fühlen“! Als ob wir das nicht schon täten ...! Was denkt der denn, was wir mit den Kindern machen? Als ob wir daran schuld sind, dass momentan die Anzahl der Kinder leicht zurückgeht! So was kann doch immer mal vorkommen! Fand ich richtig fies, sein Gebet! Herr Bartens scheint mich echt auf'm Kieker zu haben, dieser Blödmann! Und dabei behauptet dieser Idiot immer, er wäre Christ – als Christ sollte man doch wohl nicht so gehässig zu seinen Mitmenschen sein, oder?

(Fragte ihn hinterher, warum eigentlich seine Söhne nie zum Gebetstreffen kommen und ob er es nicht für ihre „christliche Pflicht“ halte, hier zu erscheinen. Da meinte Herr Bartens: „Meine Söhne beten in der Zeit, in der ich hier bin, zu Hause darum, dass Gott mir die richtigen Worte für meine Gebete gibt!“ Nun ja ... ich schätze mal, dass seine Söhne die Zeit eher für was anderes nutzen, wenn ich mir Bartens' Gebete so ansehe ...!)

Mittwoch, 11. September

Nico ist manchmal echt unmöglich! Heute waren wir zwei zum Frisör. Als Nico drankam, wurde gerade Frau Rittmann fertig, die größte Klatschtante der Gemeinde. Sie begrüßte Nico sehr ausgiebig: „Guten Tag, Nico! Wir sind ja alle so stolz auf dich, dass du unserem Herrn nun als Diakon dienen willst! Du wirst sicher ein großer Segen! Und eine wunderbare Werbung für unsere Gemeinde!" Nico nickte etwas genervt („Ja, sicher, ich werde mein Bestes tun!") und Frau Rittmann ging zur Kasse. Die Frisörin, eine gute Freundin von Nico, fragte ihn spaßeshalber: „Und, junger Mann, was kann ich für dich tun?" Da sagte Nico ganz laut: „Ach, ich möchte endlich mal etwas Ausgefalleneres als immer nur diese langweilige Frisur. Färben Sie mir in die Haare rote, grüne und blaue Strähnen und schneiden Sie mir quer über den Kopf eine Glatze – etwa zehn Zentimeter breit!" Sah, wie Frau Rittmann kurz davor war, einen Herzinfarkt zu kriegen. Dann rannte sie hinaus und wahrscheinlich direkt zu ihrer Freundin Frau Süßmilch, um ihr Nicos „katastrophales Verhalten" brandheiß zu erzählen. Natürlich hat Nico sich dann einen ganz normalen Haarschnitt machen lassen. Als ich ihn fragte, warum er Frau Rittmann so hochgenommen hatte, grinste er: „Arbeitsbeschaffungsmaßnahme! So hat die arme Frau wenigstens endlich was zu tun, wenn sie bis Sonntag jedem aus unserer

Gemeinde diese Sache weitererzählen will!" Also ehrlich ...! Und so einer will DIAKON werden ...!!!!

Donnerstag, 12. September

14.00 Uhr. Habe mich wieder den ganzen Vormittag (in den Pausen) mit Marco unterhalten! Der Typ ist total süß! Und der lacht auch, wenn ich was Witziges erzähle und kritisiert mich nicht, so wie Sascha das immer macht! Heute Nachmittag sehe ich Marco im Schachklub wieder! Freue mich schon richtig drauf! Vielleicht kann ich hinterher noch mit ihm Eisessen gehen ...? Wird bestimmt total schön! (Sascha hat sich übrigens immer noch nicht gemeldet. Aber wenn dieser Blödmann so auf stur schaltet, braucht der nicht zu denken, dass ich ihm hinterherlaufe. Ich kann nämlich auch stur sein!)

18.00 Uhr. Ich könnte Otti ...! Als ich Marco heute nach dem Schachklub (habe übrigens nur verloren dort – sogar gegen Otti – echt blamabel!) noch zu einem Eis einladen wollte, meinte Otti gleich: „Oh ja, da komme ich mit! Ich muss dich auch unbedingt noch was wegen der sizilianischen Eröffnung fragen!" Marco traute sich wohl nicht, ihn abzuwimmeln (so was macht man als Christ ja nicht ...), und so mussten wir ihn wohl oder übel mitnehmen. Die beiden redeten dann nur über Schach, und ich kam mir total bescheuert vor! Dämlicher Otti! Blöder Tag! Na, wenigstens sehe ich Marco morgen wieder!

22.00 Uhr. Christian raubt mir noch mal den letzten Nerv! Als wir heute ein Lied für die alte Frau Anselm zum 95. Geburtstag geübt haben, hat er mich ständig gefragt, was dieser merkwürdige Text zu bedeuten hat. Der Text hieß:

„Es ist ein Born, draus heil' ges Blut für arme Sünder quillt, ein Born, der lauter Wunder tut und jeden Kummer stillt.

Es quillt für mich dies teure Blut, das glaub und fasse ich ..." usw.

Christian fragte mich, ob es da um eine Wunderquelle ginge, so eine wie in Lourdes. Und warum da Blut rausquillt, ob da vielleicht Tiere geschlachtet werden oder sogar Menschen, so wie bei Satansmessen ...! Sagte ihm, er solle endlich die Klappe halten und nicht so einen Schwachsinn erzählen, ich müsste mich auf die furchtbar schwierige Melodie konzentrieren (die genau genommen ziemlich einfach war – aber ich hatte keinen blassen Schimmer, was dieser komische Text bedeutete. Was ist überhaupt ein Born?). Als Christian nicht locker ließ, tat ich das einzig Vernünftige: Ich fragte Herrn Schröder, ob wir nicht ein anderes Lied singen könnten, weil ich die Melodie so schwer fände. Schröder meinte daraufhin etwas verwundert, dann solle ich doch mal kurz mit Christian alleine üben („der ist ja sooo musikalisch!") und ein anderes Lied käme nicht infrage, weil das Frau Anselms Lieblingslied sei, das hätte sie immer in ihrer Jugend gesungen! (Die Frau muss echt einen sehr komischen Geschmack in puncto Liedern haben ...!) Sagte, gerade jetzt sei mir die Melodie richtig klargeworden, sodass sich das Üben mit Christian erledigt hätte. Sagte schließlich zu Christian, er solle zur Abwechslung mal jemand anderen nerven oder am besten aus dem Chor austreten, wenn er nicht mal wüsste, was er da singt (das wäre überhaupt die beste Lösung!). Ist doch wahr! Kann echt nicht verstehen, wie man solche merkwürdigen, blutrünstigen Lieder singen kann! Dabei gibt es so tolle Lieder! Ist doch der reinste Schwachsinn, so etwas heute noch zu singen!

Freitag, 13. September

Jean ging uns heute echt auf den Geist! Im Unterricht weigerte er sich strikt, irgendwelche Fragen zu beantworten, geschweige denn irgendwas an die Tafel zu schreiben, weil heute Freitag, der 13. ist und er an so einem Tag lieber gar nicht erst die Möglichkeit schaffen wollte, sich zu blamieren, weil ja an diesem Tag bekanntlich alles schief geht. Der scheint das echt ernst zu meinen mit seinem Aberglauben! Hinterher jammerte er dann: „Ach, ich kriege jetzt bestimmt eine Sechs in „mündlich", weil ich mich geweigert habe, im Unterricht mitzumachen! Aber was kann man von einem Freitag, dem 13. schon groß erwarten?" Am blödesten war allerdings, dass unsere Klasse Hofdienst hatte (Schulhof säubern) und sich dieser Idiot strikt weigerte mitzuhelfen, weil er sich angeblich am Freitag, den 13. immer verletzt. Unseren Klassenlehrer (der uns beobachtet hat, aber natürlich dabei nicht mithelfen konnte ...) hat das wohl auch genervt. Als er dann hinterher für alle Schokoküsse ausgegeben hat, sagte er zu Jean: „Du kriegst natürlich keinen; schließlich will ich ja nicht daran schuld sein, dass du vielleicht davon Magenschmerzen kriegst – wo doch heute Freitag der 13.

ist!" Manchmal ist der Typ gar nicht so schlecht – dafür, dass er Lehrer ist, meine ich ...

17.00 Uhr. Immer noch keine Mail von Sascha. Angerufen hat er auch nicht. Der Blödmann wartet bestimmt darauf, dass ich jetzt bei ihm angekrochen komme. Aber da kann er lange warten. Wenn der offenbar so stur ist, kann er mir gestohlen bleiben! Ich glaube, ich werde mal Marco anrufen und ihn fragen, ob er mit mir Eis essen geht (und zwar allein!). Dann können wir wieder stundenlang miteinander reden, und es wird bestimmt total schön!!

18.00 Uhr. Irgendwie komme ich mir echt mies vor. Als ich eben bei Marco anrief und ihn zum Eis essen einlud, meinte der: „Das ist echt lieb gemeint, aber ich gehe nicht mit anderen Mädels aus, jedenfalls nicht allein. Ich will nicht, dass die Leute denken, dass ich meiner Freundin untreu werde. Weißt du, ich habe eine Freundin in Bayern. Wir sehen uns zwar nur ganz selten, aber wir sind uns natürlich treu, und wir warten aufeinander, bis wir mit der Schule fertig sind. Ich hoffe, du verstehst das. Tja, so ist das eben, wenn man kein Single mehr ist ..." Sagte nur, dass ich dafür vollstes Verständnis habe, und dachte dauernd, dass ich echt eine miserable Christin bin. Denn wenn ich ehrlich bin, hätte ich es schon ganz gerne gesehen, wenn Marco mich zum Beispiel mal umarmt oder geküsst hätte ... *Tut mir echt Leid, Gott! Ich schäme mich total dafür! Bitte mach, dass zwischen Sascha und mir wieder alles in Ordnung kommt!* (Hab' Sascha auch gleich einen ganz netten Brief gemailt! Hoffentlich meldet er sich bald!!!)

22.00 Uhr. Jugendkreis war irgendwie ganz witzig. Ottmar hatte mal wieder die Leitung, diesmal zum Thema: „Dürfen Christen 60er-Jahre-Partys feiern?" Offenbar waren ihm daran nach Tante Ernas Auftritt (er erwähnte ihn glücklicherweise nicht näher) doch gewisse Zweifel gekommen und er versuchte jetzt von uns darauf eine Antwort bekommen. Es entstand eine ziemliche Diskussion. Die einen meinten, so etwas sollte man als Christ nicht machen, weil die Nachbarn dann dächten, dass Christen reichlich altmodisch wären, die anderen fanden die Idee gut, solange es „voll fetzig" sei. Matthäus Bartens, der heute zum ersten Mal zum Jugendkreis kam (er ist ja erst vor kurzem 15 geworden und damit nach Ansicht seines Vaters reif genug, ohne Begleitung seiner Eltern eine größere

Menschenansammlung zu besuchen ...), hielt daraufhin einen langen Vortrag über den Sittenverfall der heutigen Jugend (er ist schon ganz wie sein Vater!). Die meisten hörten ihm aber nicht zu, sondern ignorierten ihn schlicht. Ich schätze, er wird nicht noch mal hier aufkreuzen. (Ich sage nicht, dass ich mich darüber freuen würde, aber ich würde ihn auch nicht gerade schrecklich vermissen ...)

Sonntag, 15. September

16.00 Uhr. Immer noch keine Mail von Sascha! Ob er jetzt wirklich mit Peggy zusammen ist?

22.00 Uhr. Heute in der Gemeinschaftsstunde gab es eine Neuigkeit, von der ich nicht weiß, ob ich mich darüber freuen sollte oder ob sie nicht mehr eine Hiobsbotschaft ist.

Es fing damit an, dass Herr Klein (unser Prediger) über den Bibeltext vom Kämmerer (was ist das eigentlich? Ein Kämme-Fabrikant?) aus Äthiopien erzählte, der einen Bibeltext nicht verstand, dann von Philippus darüber aufgeklärt wurde, dass der Text von Jesus handelte, und der schließlich Christ wurde. So weit, so gut. Aber nun kommt der Hammer: Herr Klein erzählte dann, dass er gestern etwas ganz

Ähnliches erlebt hätte. Christian sei zu ihm gekommen und habe ihm ein Lied gezeigt, das er im Chor nun singen müsse (wahrscheinlich das von diesem merkwürdigen Born, der voll Blut ist und Wunder tut) und dessen Text er einfach nicht verstehe. Daraufhin habe Herr Klein ihm ausführlich erzählt, dass es da um Jesus ginge, der für die Schuld der ganzen Welt gestorben ist, damit Gott uns nicht bestrafen muss. Um Jesus, der uns alles abnehmen will, was uns quält, und aus unserem Leben etwas Gutes machen will (Aha!). Jedenfalls haben sich die beiden wohl noch lange unterhalten, und schließlich ist Christian CHRIST geworden!!! Kann es echt nicht fassen!

Nach der Predigt rief Herr Klein Christian noch nach vorne und machte ein kurzes Interview mit ihm (erst jetzt fiel mir auf, dass Christian „Sir Edgar" heute nicht dabei hatte), um ihn der Gemeinde mal „so richtig vorzustellen". Nach der Gemeinschaftsstunde umarmten viele Leute ihn noch, was ihn offenbar ganz verlegen und glücklich machte. Zog es trotzdem vor, diskret zu verschwinden, bevor er in meine Nähe kam. Ich meine, natürlich freue ich mich wahnsinnig darüber, dass er jetzt nicht mehr verloren geht und so ... aber hätte er sich keine andere Gemeinde suchen können? Musste es ausgerechnet unsere sein?

(Nicos Frisur wurde übrigens von allen ganz komisch, aber auch erleichtert betrachtet. Nur Frau Rittmann schien sich etwas blöd vorzukommen, da sie offenbar allen Nicos katastrophalen „gottlosen" Haarschnitt angekündigt hatte ...)

Montag, 16. September

Es ist doch immer wieder Klasse, wenn man einen Pauker erwischt, der sich für allwissend hält und - noch besser - das auch bei jeder Gelegenheit zeigen will. Unser Biolehrer zum Beispiel ist so ein Exemplar. Man braucht ihm nur irgendeine dämliche Frage zu stellen (die natürlich mit dem Unterrichtsthema nichts zu tun hat), und schon erzählt er einem alles, was er dazu weiß. Habe mir heute mal die Themen aufgeschrieben, über die er geredet hat, und zwar folgende:

Wäscheklammern, die Überfremdung der Nordsee durch bayerische Touristen, Autowaschstraßen, die Spätfolgen von schlechtem Unterricht, Schmerztabletten, Tomatenzucht (vielleicht sollte ich Christian an ihn verweisen?), die psychischen Belastungen von Brieftauben, Ehescheidungen (er hat schon eine hinter sich; ehrlich gesagt, kann ich es seiner Frau nicht verdenken, wenn sie sich von so einem Laberheini scheiden lässt), Sumoringen, Erdnussflips, Werbung, Empfängnisverhütung (das hätte sicher Johannes Bartens sehr interessiert ...!), Staubsauger, die Französische Revolution (wenn ich ihn mir so ansehe, könnte er direkt dabei gewesen sein ...) und Marsmännchen.

Über unser eigentliches Unterrichtsthema hat er genau drei Sätze verloren („Nehmt mal eure Bücher raus und schlagt sie auf Seite 213 auf! Dort sehen wir eine sehr schöne Abbildung oben rechts! Lest euch mal den ersten Abschnitt dazu durch!") Dann fragte Flo: „Herr Mahler, finden Sie nicht auch, dass Holzwäscheklammern viel stabiler sind als Plastikwäscheklammern?" Und schon konnten wir anderen uns zurücklehnen, Briefe schreiben, was spielen, Hausaufgaben machen und so weiter ... Bin nur gespannt, was Mahler in der ersten Klassenarbeit abfragen will ...!

22.00 Uhr. Immer noch keine Nachricht von Sascha! Obwohl ich ihm noch mal gemailt habe! So langsam glaube ich doch, dass er mich abgeschrieben hat ...

Bitte, bitte, Gott, lass das nicht zu!!!

Dienstag, 17. September

18.00 Uhr. Dachte heute, mich tritt ein Nilpferd, als Frau Rittmann in der Wichteljungschar auftauchte und erklärte, sie wolle nun mitmachen! Herr Bartens (wer auch sonst?!) hätte diese großartige Idee gehabt und sie gebeten, uns etwas unter die Arme zu greifen, damit wieder mehr Kinder kämen ...! Frau Rittmann ließ uns dann gar nicht groß was sagen, sondern riss die Leitung gleich an sich. Noch bevor Otti, Dani und ich den Mund aufbekamen, hatte sie die Kinder in einen Stuhlkreis gesetzt und mit ihnen ein Lied einstudiert:

„Christi Blut und Gerechtigkeit, das ist mein Schmuck und Ehrenkleid.

Damit will ich vor Gott bestehn, wenn ich zum Himmel werd eingehn."

Dabei sah sie uns an, als wollte sie sagen: „Seht ihr, so muss man mit Kindern umgehen!" Ich hätte sie am liebsten ...!

Als sie endlich fertig war mit ihrem Lied (bin sicher, dass kein einziges Kind verstanden hat, worum es dabei ging ...), fragte Otti zum Glück, ob ein Kind sich nicht ein Lied wünschen wolle. Laura wünschte sich „Wer ist der König des Dschungels". Hab's richtig genossen, wie Frau Rittmann die Augen verdrehte und offenbar kurz vor der Explosion war, als wir uns wie Affen bewegten und laut „uga uga" schrien. Den Rest der Stunde mussten Dani, Otti (den ich immer sympathischer finde; in punkto Kindern hat er echt was drauf) und ich ständig aufpassen, dass sie uns „das Ruder nicht wieder aus der Hand riss" und die Leitung übernahm. War echt 'ne Tortur!

Als eine Mutter ihr Kind beim Abholen fragte, was wir heute gemacht hätten, meinte die Kleine: „Wir haben ein Lied gesungen, wo man blutige Kleider anzieht und nur in den Himmel kommt, wenn man Schmuck hat oder so ... Du musst mir unbedingt eine Kette kaufen, Mama!" Frau Rittmann unterhielt sich leider zu diesem Zeitpunkt gerade mit einer anderen Mutter (über den neuesten Gemeindetratsch und darüber, dass sie von nun an die Wichteljungschar leiten werde, da wir jungen Leute damit ja hoffnungslos überfordert seien ...!), so hatten Dani, Otti und ich alle Mühe, der Mutter zu erklären, dass Frau Rittmann den Kindern irgendein komisches Lied aufgedrängt habe und dass sie bestimmt nie wieder kommen werde. Hoffe wirklich, dass das stimmt!

22.00 Uhr. Muss mich echt zusammenreißen, um keinen Würganfall zu kriegen, wenn ich Herrn Bartens sehe. Am liebsten hätte ich ihm heute beim Gebetstreffen mal ins Gesicht gesagt: „Wenn Sie *mich* schon auf dem Kieker haben und fertig machen wollen, dann ist das schon schlimm genug! Aber versauen Sie uns wenigstens nicht auch noch die Wichteljungschar!" Habe mich aber nicht getraut, weil Paps und Mama auch mit da waren (die Herrn Bartens Idee, Frau Rittmann wegen der Wichteljungschar zu fragen, übrigens sehr nett fanden; angeblich habe er es nur gut gemeint! Ha ha!).

Gott, warum musst du mir das Leben so schwer machen? Ich wünschte echt, dieser blöde Kerl würde für immer aus unserer Gemeinde verschwinden! Von mir aus kannst du ihn ja „vorzeitig entrücken", wenn es nicht anders geht ...

Mittwoch, 18. September

15.00 Uhr. Heute war Herr Scherer (unser blöder Kunstlehrer, der ständig an meinen Bildern was auszusetzen hat) total heiser. Sandra und ich nutzten die Chance, ihn ein bisschen zu ärgern, indem wir uns lautstark unterhielten. Da er nicht wie sonst rumschreien konnte, rannte er wie ein aufgescheuchtes Huhn immer von einer zur anderen und bat flüsternd um Ruhe. Aber da immer gerade dann die andere laut sprach, kam er damit nicht durch und konnte die ganze Zeit keinen Unterricht machen. Schließlich schrieb er an die Tafel: „Seid gefälligst ruhig!" Woraufhin Sandra, ich und nun auch die anderen laut darüber diskutierten, dass wir wohl ein Bild zum Thema „Seid gefälligst ruhig!" malen sollten. Scherer ist fast ausgeflippt! War echt lustig! Schade, dass er nicht immer heiser ist ...

Gott, das war vielleicht nicht so ganz christlich, was wir da mit Scherer gemacht haben - aber als Lehrer muss er so was doch abkönnen, oder?

22.00 Uhr. Immer noch keine Nachricht von Sascha. Habe ihm noch mal gemailt! Warum meldet er sich denn bloß nicht, dieser Idiot?! *So* mies war ich doch auch nun wieder nicht zu ihm!

Donnerstag, 19. September

17.00 Uhr. Bin total fertig! Bekam eben eine Mail, und zwar von Saschas Eltern. Die schreiben:

„Liebe Paula! Da wir dich telefonisch nicht erreichen konnten (merkte erst jetzt, dass aus irgendeinem Grund seit Tagen mein Handy abgeschaltet ist!), schreiben

wir dir nun per E-Mail. Wir sind hier in einem Krankenhaus in San Francisco. Sascha liegt auf der Intensivstation. Er hatte einen schweren Unfall und schwebt noch immer in Lebensgefahr. Ich weiß, dass du auch an Gott glaubst wie Sascha. Wir glauben ja nicht daran, aber ich denke, es wäre vielleicht doch gut, wenn du jetzt ganz doll für deinen Sascha betest. Es sieht leider nicht gut aus. Der Arzt sagt, er könnte - wenn er überlebt - schwere Schäden zurückbehalten. Wir melden uns wieder, wenn wir mehr wissen.
Liebe Grüße,
Helga und Kurt Rohding"

Gott, warum hast du das zugelassen???? So was kannst du doch nicht machen, Gott! Sascha ist doch Christ, und in der Bibel steht doch, dass du immer bei uns bist und für uns sorgst und so! Wenn Sascha stirbt, weiß ich echt nicht, wie ich weiterleben soll! Bitte mach ihn gesund! Bitte mach, dass die Ärzte sich geirrt haben!!! Bitte!!!!!!!!!!!!!

Freitag, 20. September

18.00 Uhr. Habe so ziemlich die ganze Nacht nur geheult und gebetet. Nico ist echt lieb. Als ich ihm das von Sascha erzählte, rief er bei Schröder an und sagte ihm, warum ich nicht zum Chor kommen will und dass alle mal kräftig für Sascha beten sollen. Hoffe, sie haben es getan.

Habe eben bei Coffee angerufen und ihr alles erzählt. Sie und Thomas beten auch mit für Sascha. Ist echt toll, wenn man so viele Leute kennt, die einem helfen. Coffee sagte dann noch, als Christ könnte ich doch alles getrost bei Gott ablegen und müsste mir im Grunde keine Sorgen machen, weil Gott ja alles in seinen guten Händen hält. Die hat leicht reden! Thomas liegt ja nicht sterbenskrank in Amerika im Krankenhaus! Irgendwie hat mich das kein bisschen getröstet, was die gesagt hat; irgendwie fand ich das nur oberflächlich. Mama und Paps haben auch nur so was gesagt. Offenbar gibt es hier keinen, der mich richtig verstehen kann!

Gott, bitte mach Sascha wieder ganz gesund!!!!

(Habe Rohdings zurückgemailt, dass wir hier alle Sturm beten, dass Sascha wieder gesund wird ... hoffentlich macht Gott ihn wirklich gesund! Sonst fühlen die sich doch nur bestätigt in ihrer Meinung, dass es Gott gar nicht gibt ...)

Samstag, 21. September

Bekam heute Morgen eine neue Mail von Rohdings. Sascha hatte heute Nacht einen Herzstillstand, konnte aber zum Glück reanimiert werden! Aber es sieht eher schlechter als besser aus!!

GOTT, WARUM MACHST DU SO WAS???? Wir haben doch so gebetet!! Hörst du uns denn gar nicht zu? Tu doch endlich was!!!!!!

22.00 Uhr. Der Jugendkreis hat mich heute echt angeko ...! Das Thema war „Wirf alle Sorgen auf Gott!". Das klingt so einfach! Aber das ist es nicht! Die haben dann alle darüber gesprochen, wie toll es doch ist, dass man sich als Christ um nichts Sorgen machen braucht, dass man immer fröhlich alles Gott überlassen kann und dass Ängste und Sorgen doch wohl eigentlich nur was für Nichtchristen sein müssten, die man deshalb bedauern könne ... Kam mir total mies vor. Wahrscheinlich bin ich überhaupt kein Christ, denn *ich* mache mir wahnsinnig Sorgen und habe tierische Angst wegen Sascha. Könnte ständig heulen! Jedenfalls bin ich dann mitten in der Diskussion nach Hause gegangen. War mir einfach zu blöd.

Gott, bin ich noch Christ? Wahrscheinlich nicht, denn du hörst mir ja offenbar nicht mal zu, wenn ich dich um etwas anflehe ...

Sonntag, 22. September

22.00 Uhr. Heute in der Gemeinschaftsstunde ist echt etwas Merkwürdiges passiert. Erst wollte ich gar nicht hin (bin immer noch so fertig wegen Sascha; habe noch keine neue Nachricht von Rohdings), aber dann meinte Nico, das würde mir sicher gut tun. Ausgerechnet heute hatte Herr Bartens wieder mal die Einleitung (als ich das sah, war der Abend für mich eigentlich schon gelaufen). Rechnete fest damit, dass er wieder eine seiner zahlreichen Lobeshymnen über die Frömmigkeit seiner Familie vom Stapel lässt, aber dann ging er ganz bedrückt zur Kanzel und sagte: „Liebe Geschwister! Von unserem lieben Bruder Schröder habe ich gehört, dass Paulas Freund Sascha Rohding, den wir alle ja noch kennen, wohl einen schweren Unfall hatte. Er liegt mit lebensgefährlichen Verletzungen im Krankenhaus. Als ich das hörte, war ich sehr geschockt. Ich musste daran denken, dass mein Bruder Friedrich auch einmal einen so schweren Unfall hatte und wie verzweifelt ich damals war. Ich war so am Ende, dass ich nicht einmal mehr beten konnte, ich habe nur noch geweint, und all die gut gemeinten Bibelworte meiner Glaubensgeschwister prallten an mir ab, ja, sie kamen mir wie Hohn vor. Ich steckte gleichsam in einem schwarzen Loch und hatte das Gefühl, Gott würde mir nicht zuhören, Gott wäre weit weg. Ich weiß nicht, liebe Paula, ob es dir auch so geht, aber wenn es dir recht ist, möchte ich für dich beten!"

Ich war irgendwie total ergriffen von dem, was Herr Bartens sagte. Offenbar ist er der einzige Mensch, der mich momentan versteht. Deshalb habe ich nur genickt, und dann hat er dafür gebetet, dass Gott mir Kraft, Ruhe und Gelassenheit geben möge, diese Situation auszuhalten und ihm trotz allem vertrauen zu können; und dass er mich spüren lassen soll, dass er bei mir ist! Und natürlich, dass er auch bei Sascha sein soll und das tun, was das Beste für Sascha ist. Mich durchfuhr ein richtig warmer Schauer, als er so für mich betete, und zum ersten Mal, seit ich Herrn Bartens kenne, war ich froh, dass es ihn gibt – und dass er für mich gebetet hat. Fühlte mich hinterher irgendwie schon viel besser.

Danke, Gott, dass du Herrn Bartens noch nicht entrückt hast!

Montag, 23. September

18.00 Uhr. Komisch, ich bin ganz ruhig, obwohl ich noch immer nichts Neues von Sascha weiß. *Bin sicher, dass das durch dich kommt! Danke, Gott!*

(Sagte heute in der Schule Marco, dass er mit für meinen Freund in Amerika beten soll und alles von Saschas Unfall und so. Marco will auch mit dafür beten! Danke! Bin irgendwie echt froh, dass ich nichts mit Marco angefangen habe, auch nicht ansatzweise!)

22.00 Uhr. Bin wahnsinnig happy!!! Bekam eben eine Mail von Rohdings! Sascha geht es entgegen allen Erwartungen wieder viel besser! Er ist jetzt außer Lebensgefahr und atmet auch schon wieder allein! Und Helga (seine Mutter) konnte sogar schon zwei Sätze mit ihm reden, und er hat sie sofort erkannt! Die Ärzte sagen jetzt, dass es ziemlich gut aussieht, dass er offenbar keine Hirnschäden oder körperliche Schäden zurückbehält!!!!

DANKE, GOTT !!!!!!!!!! (Würde dich am liebsten in den Arm nehmen und ganz fest drücken, Gott! Schade, dass das nicht geht! Aber das holen wir nach, wenn ich mal im Himmel bin, o.k.?)

Dienstag, 24. September

18.00 Uhr. Frau Rittmann ist echt unmöglich! Die tauchte heute schon wieder in der Wichteljungschar auf und sagte uns gleich zu Beginn, dass sie sich ein paar „ganz entzückende Spiele und wunderschöne Lieder für die Kleinen ausgedacht habe und heute die Geschichte vom ‚Barmherzigen Samariter' erzählen werde". Und dann legte sie los, ohne uns auch nur ansatzweise zu fragen, was wir von dem Ganzen hielten oder ob es eventuell möglich wäre, dass jemand von uns auch schon eine Geschichte vorbereitet hat! Daniela sagte deshalb schnell: „Eigentlich sollte Otti die Geschichte von der Enthauptung Johannes des Täufers erzählen! Das fänden die Kids sicher viel schöner, wenn Otti ihnen das erzählt!" Doch da schien Otti einzufallen, dass er vergessen hatte, sich auf diese Geschichte vorzubereiten, und er meinte schnell: „Nein, nein, schon gut, ich will mich da nicht aufdrängen ..." Verräter! Frau Rittmann grinste triumphierend und ließ auch meinen Einwand, diese Geschichte hätten wir erst vor zwei Wochen erzählt, nicht gelten („So segensreiche Geschichten kann man gar nicht oft genug hören! Außerdem habe ich mich auf diese Geschichte intensiv vorbereitet!").

Die ganze Stunde standen Dani, Otti und ich wie Statisten dämlich in der Gegend rum und sahen zu, was Frau Rittmann da mit den armen Kids fabrizierte. Zugegebenermaßen schien es den Kids richtig Spaß zu machen, als Frau Rittmann die Geschichte mit ihnen spielte und sich als Händler, der von Räubern überfallen wird, von den Kindern verkloppen ließ (war erst versucht, mitzuspielen, hatte dann aber doch Angst, dass Herr Klein plötzlich reinkommen und die Situation missverstehen könnte, wenn ich voll Elan Frau Rittmann verprügele). Trotzdem schätze ich, dass nächstes Mal kein einziges Kind mehr zur Wichteljungschar kommt! (Heute waren es übrigens fünf.) Zum Glück sind jetzt erst mal Herbstferien und da fällt die Wichteljungschar aus.

22.00 Uhr. Herr Bartens schafft es immer wieder, sich bei mir unbeliebt zu machen. Wollte heute beim Gebetstreffen gerade Gott danken, dass er mir so mitfühlende Glaubensgeschwister wie Herrn Bartens geschenkt hat, da fing er an zu beten: „Herr, besonders möchten wir dir danken, dass du unsere liebe Schwester Rittmann bereit gemacht hast, unsere Jugend in der Wichteljungschar tatkräftig zu unterstützen! Ich bin sicher, Herr, dass durch ihren segensreichen Einsatz bald wieder Scharen von Kindern in die Wichteljungschar kommen werden, um dein Wort zu hören." War stinksauer und betete deshalb gleich hinterher: „Bitte, Gott, zeig' Frau Rittmann, ob sie für diese Arbeit überhaupt geeignet ist. Und falls nicht, sag' ihr, dass sie wieder gehen soll! Und gib uns Kraft und Geduld, sie bis dahin zu ... unterstützen (wollte eigentlich „ertragen" sagen, traute mich aber nach einem Räuspern von Paps nicht)." Zum Glück war Frau Rittmann nicht beim Gebetskreis dabei - wahrscheinlich haben einige der Kleinen doch etwas fester zugeschlagen, als sie erwartet hatte ...

Mittwoch, 25. September

16.00 Uhr. Eben rief Tante Olga an und erzählte uns ganz aufgeregt, dass man sie überfallen und ihre Handtasche geklaut hat. „Der Kerl war mindestens 2,30 Meter groß und sah aus, als ob er gerade eine ganze Familie umgebracht hat!", behauptete sie. Wir waren erst ziemlich geschockt (wir konnten durch die Freisprechtaste alle mithören). Als wir aber merkten, dass ihr wohl nichts weiter passiert war, sagte Nico: „Nun beruhige dich mal wieder, Tante Olga! Hätte doch noch viel schlimmer kommen können!" Darauf Tante Olga: „Von wegen schlimmer! Ich hätte fast'n Herzinfarkt gekriegt, als ich versuchte, den Kerl zu fangen! Ich konnte ihm gerade noch eins mit der Bibel über den Schädel hauen, aber dann ist er mir entwischt! Das Schlimmste ist, dass in der Handtasche meine ganzen Traktate drin waren, die ich vor dem Gasthaus verteilen wollte! Na, ich hoffe, dieser Kerl bekehrt sich wenigstens!" Tante Olga, wie sie leibt und lebt!

22.00 Uhr. Konnte eben zum ersten Mal mit Sascha am Telefon reden! Er klingt zwar noch schwach, aber er scheint geistig wieder voll da zu sein! Er meinte zum Schluss: „Ich liebe dich, Terzelchen, und ganz besonders deine Nase!" Bin wahnsinnig happy! Habe irgendwie das Gefühl, dass doch noch alles gut wird! *Danke, Gott!*

Donnerstag, 26. September

16.00 Uhr. Habe irgendwie ein schlechtes Gewissen. Obwohl ich eigentlich gar nichts gemacht habe. Der gute Ebalt wird aber vermutlich trotzdem drei Kreuze in seinen Terminkalender machen an dem Tag, an dem ich die Schule für immer verlassen werde. Heute hatte er Geburtstag, und da kam ich auf den Einfall, ihn hochleben zu lassen. Ich konnte ja nicht ahnen, dass Flo, Kevin, Stephan und Nils gleich so übertreiben, als sie ihn auf seinem Lehrerstuhl hochhoben (O.k., zugegeben, ich habe ein paarmal laut „Noch höher" gerufen, aber die hätten ja nicht auf mich hören müssen ...). Jedenfalls fiel Ebalt dann in hohem Bogen und schreiend runter und brach sich das Nasenbein, als er mit der Nase auf dem Lehrerpult aufschlug. (Jedenfalls schwoll die Nase ziemlich an.) Erst war er sogar bewusstlos. Tat mir echt Leid. Vor allem, dass ausgerechnet Frau Ulan ihn aus dem Nachbarraum schreien hörte (Ebalt hat sich auch ein bisschen angestellt, finde ich), die dann angedüst kam, ihn bewusstlos am Boden liegen sah und sofort leidenschaftlich „Mund-zu-Mund-Beatmung" (wie sie es nannte) machte. Ebalt kam sofort wieder zu Bewusstsein und versuchte verzweifelt, sich von Frau Ulan loszureißen, die offenbar der Ansicht war, dass man besser zu viel als zu wenig beatmen musste. Als Ebalt endlich wieder frei atmen konnte, hat Frau Ulan ihn wie einen Fünfjährigen bemuttert („Och, mein armer Andreas! Komm, wir rufen, den Arzt, und dann tut es gleich gar nicht mehr weh! Und wenn du schön tief durchatmest und an was Schönes denkst, wird es gleich wieder besser! Brauchst keine Angst haben, Andi!"). Ebalt war das tierisch unangenehm, glaube ich. Armer Kerl. Aber wie gesagt, im Grunde kann ich ja gar nichts dafür! Oder?

(Irgendwann sollte ich Frau Ulan vielleicht doch noch mal aufklären, was gewisse Liebesbriefe angeht ...)

22.00 Uhr. Warum können Leute wie Christian sich nicht mal andere Leute zum Nerven suchen als immer ausgerechnet mich? Dass er mich heute ausgiebig fragte, wie es Sascha gehe, fand ich ja noch ganz nett. Als er dann behauptete, Sascha ginge es nur deshalb wieder so gut, weil er dafür gebetet habe und er habe innerlich gespürt, dass Gott sein Gebet erhören werde, fand ich das doch ziemlich anmaßend! Was bildet dieser Typ sich ein?! Glaubt der allen Ernstes, dass Gott nur auf *ihn* hört? Um auf ein anderes Thema zu kommen, fragte ich ihn beiläufig, wie weit er denn mit seinem Verlag wäre. Da meinte er: „Oh, das erste Buch wird in ca. drei Wochen fertig sein! Und rate mal, wem ich es gewidmet habe!" Ich: „Dem ‚Deutschen Verein für Größenwahnsinnige' vielleicht?" Er (lacht blöd): „Aber nein, ich widme es dir als Dank für deine guten Ratschläge!" Hoffe nur, das war einer seiner blöden Scherze. Habe allerdings irgendwie das Gefühl, dass mir der Typ schon wieder hinterher läuft – und das, obwohl Sascha ja jetzt wirklich mit mir zusammen ist! Aber diesem Idioten (Christian, nicht Sascha) traue ich so ziemlich alles zu ...

Freitag, 27. September

Heute war der letzte Tag vor den Herbstferien! Wollte die Chance nutzen, Frau Ulan über gewisse Liebesbriefe aufzuklären, indem ich ihr einen (computer-geschriebenen) Zettel in ihr Fach legte, auf dem steht: „Liebe Frau Ulan! Bitte lassen Sie Herrn Ebalt in Ruhe. Er hat die Liebesbriefe nicht geschrieben, die Sie einmal bekommen haben! Das war nämlich ich – ich wollte Ihnen einfach eine Freude machen! Eine Schülerin". Dachte, dass damit die Sache in Ordnung sei (Frau Ulan hätte ja die ganzen Ferien Zeit gehabt, sich auszuheulen). Leider sah ich nach dem Unterricht, als ich am Lehrerzimmer vorbeiging, wie Frau Ulan auf Ebalt zuging (der immer noch sehr mitgenommen aussah), ihm den Zettel unter die Nase hielt und meinte: „Glaubst du allen Ernstes, dass ich auf so einen billigen Trick hereinfalle, Andreas? Nur weil du dich jetzt schämst, einmal deine wahren Gefühle gezeigt zu haben? Aber ich lasse mich nicht blenden!" Ebalt zog es vor, schweigend in den Kopierraum zu flüchten. Und ich verschwand ebenfalls. Habe irgendwie ein schlechtes Gewissen ...

Nachmittags rief Coffee an: Morgen wollen wir uns endlich mal wieder zum Eis essen treffen und ausgiebig miteinander über alles Mögliche reden. Freue mich schon total drauf! Irgendwie habe ich gar keine richtige Freundin mehr – so eine „für jeden Tag" – seit Coffee weggezogen ist ... Na ja, Hauptsache, wir sehen uns morgen! Dann kann ich ihr endlich mal ganz ausführlich erzählen, wie das mit Saschas Unfall war (habe heute auch wieder mit Sascha telefoniert. Er hat zwar noch ganz schön Schmerzen, aber ansonsten geht es ihm immer besser). Wird bestimmt Klasse!

Samstag, 28. September

17.00 Uhr. Ich könnte Christian ...! Kaum hatten Coffee und ich uns hingesetzt, da kam dieser Blödi, der „rein zufällig" auch in der Stadt war, in die Eisdiele, sah mich und setzte sich zu uns an den Tisch. Wäre ja noch nicht weiter schlimm gewesen, wenn er nicht angefangen hätte, Coffee voll zu labern. Er erzählte ihr stundenlang von seinen großartigen Romanen, die sicher in kürzester Zeit Weltbestseller werden (angeblich verhandelt Christian schon mit amerikanischen Verlagen ...!) und die deutsche Literatur insgesamt stark beeinflussen werden. Dieser Größenwahnsinnige meinte dann allen Ernstes, dass er vorhabe, als Nächstes einen Roman über unsere Gemeinde zu schreiben und über seine Bekehrung!!! (Mit dieser Bemerkung hätte mich der Kerl fast umgebracht, weil ich mich vor Schreck an meiner Eiswaffel verschluckte ...) Coffee und ich hatten alle Mühe, ihn zu überreden, erst mal abzuwarten, ob sein erster Roman (der jetzt den originellen Titel „Tomaten für die Liebe" trägt ...!) wirklich ein Erfolg wird. Als wir dieses blöde Thema endlich erschöpfend genug behandelt hatten, erzählte Christian, dass er jetzt bei einem Fußballverein als Mittelstürmer spielt und dass er neulich mit „wahnsinnigen Schmerzen" wieder vom Spielfeld gegangen sei. Coffee fragte ihn ganz besorgt: „Hast du dich so schwer verletzt? Wurdest du gefoult?" Darauf Christian: „Nein, meine Beine waren eingeschlafen!" Also ehrlich ...! Als wir Christian endlich nach fast drei Stunden wieder loswurden, fiel Coffee ein, dass sie abends noch einen wichtigen Termin hatte und ebenfalls weg musste! Blöder Christian! Wünschte echt, der wäre nie in unsere Gemeinde gekommen ... (Vielleicht sollte man ihm vorschlagen, dass er zusammen mit den Bartens, Herrn Mörtel, Frau Rittmann und einigen anderen nervigen Leuten eine eigene Gemeinde gründet ...?)

22.00 Uhr. Komme gerade vom Jugendkreis. Heute hat Jürgen die Aktion „Weihnachten im Schuhkarton" vorgestellt. Bei dieser Aktion geht es darum, dass man Weihnachtsgeschenke (in Schuhkartons) für Kinder in armen Ländern wie zum Beispiel Rumänien oder Russland packt. Diese Geschenke werden dann von der Organisation „Samaritan's Purse" persönlich in die Länder und zu den Kindern gebracht, die sich dann wahnsinnig darüber freuen! Und das Tolle ist, dass die Kids dann auch in einem speziellen, für sie ganz toll gestalteten Gottesdienst von Jesus hören - oft zum ersten Mal im Leben! Wir haben das alles auch in einem kurzen Video gesehen und haben beschlossen, da mitzumachen. Das heißt, Jürgen meldet unsere Gemeinde offiziell als Sammelstelle an und wir werden Geschäfte um Spenden bitten, Flugblätter und Plakate verteilen, Schulen anfragen und natürlich selber Pakete packen. Wird bestimmt super!!! Jürgen hat gleich jede Menge kleine Broschüren mitgebracht und uns zum Verteilen gegeben. Habe mir gleich 150 mitgenommen. Werde gleich morgen anfangen!

Christian (der leider auch da war, obwohl er mit seinen 26 Jahren doch nun wirklich nicht mehr in einen Jugendkreis gehört!!!) hat uns übrigens alle zum Essen beim Asiaten eingeladen, morgen um 20.00 Uhr, weil er morgen Geburtstag hat! Ist ja irgendwie echt nobel (vor allem nicht ganz billig, weil wir im Jugendkreis über zwanzig Leute sind). Ich bin zwar nicht gerade begeistert von dem Gedanken, den Abend in Christians Anwesenheit verbringen zu sollen, aber ein kostenloses Essen beim Asiaten lasse ich mir natürlich nicht entgehen (zumal der Besitzer ja Christ ist und man Geschwister im Herrn doch immer unterstützen sollte ...).

Sonntag, 29. September

17.00 Uhr. Manchmal frage ich mich, warum Gott ausgerechnet mich mit so geizigen, herzlosen Eltern bestraft hat! Heute Nacht kam mir die spontane Idee, dass ich doch eigentlich jetzt, wo ich Ferien habe, mal Sascha in Amerika besuchen könnte! Ich meine, wo der so schwer verletzt im Krankenhaus liegt, braucht der mich doch jetzt! Aber Mama und Paps sahen das überhaupt nicht ein und meinten, das wäre zu teuer, und außerdem hätte ich Mama versprochen, mit ihr zu Tante Erna und zu Tante Olga zu fahren und dort ein bisschen zu helfen (Sollte ich wirklich so einen Schwachsinn versprochen haben? Ich bin mir ziemlich sicher, dass ich zumindest ein „Vielleicht" dazu gesagt habe!). Meine Argumente, dass jemand, der mit Otti knutschend und johlend zu Peter-Kraus-Musik tanzt, wohl kaum Hilfe braucht und dass Sascha mich im Moment viel nötiger hat, ließen sie einfach nicht gelten. Bin echt sauer (Sascha, dieser Verräter, meinte am Telefon, dass das vielleicht ganz gut so wäre, denn er hätte sowieso fast dauernd Kopfschmerzen und könnte sich nicht um mich kümmern – und abgesehen davon werde er schon sehr nett von Peggy und ihren Freunden betreut!!! War hinterher noch saurer ...). Wenigstens fahre ich gleich mit den anderen zum Asiaten und kriege dort ein schönes Essen!

22.00 Uhr. Ich hätte es wissen sollen. Wenn Christian dabei ist, kann so ein Abend nicht gut werden. Der Typ ist erkältet, was ja noch nicht so tragisch gewesen wäre, wenn er nicht ständig lautstark ein

„Schneuzkonzert" von sich gegeben hätte, nur unterbrochen durch sein Gejammer („Hach, diese grässliche Erkältung macht einen ganz fertig! Vor allem psychisch! Ich habe jede Nacht Alpträume von riesigen Taschentüchern, die auf mich zufliegen und mich unter sich begraben wollen! Es ist schrecklich! Kein Mensch ahnt auch nur, was ich durchmachen muss!" ...). Alle Leute sahen schon zu uns rüber und verließen nach und nach das Restaurant. Dann kam auch noch Matthäus Bartens auf die glorreiche Idee, mit uns spontan ein paar „gute christliche Lieder" zu singen („Man sollte ja jede Missionschance nutzen, die sich einem bietet! Vor allem, wenn man wegen so eines weltlichen Anlasses wie einem Geburtstag dem Gottesdienst fernbleibt!"). Er holte seine Kastagnetten (!!) raus und begann lautstark und ziemlich schief zu singen: „Ich habe Durst, ich hab' noch Träume, will nicht so schnell zufrieden sein ..." Der Ober, der ihm gerade ein Mineralwasser (neben Saft und Tee das einzige Getränk, das sich angeblich mit dem christlichen Glauben der Bartens vereinbaren lässt) gebracht hatte, wirkte sehr irritiert. Schon nach den ersten Tönen ergriffen fast alle restlichen Gäste, die Christian noch nicht vertrieben hatte, schlagartig die Flucht. Schließlich kam ein Ober auf uns zu und bat uns, in einem speziellen Nebenraum Platz zu nehmen (wir hatten bis dahin unser Essen noch nicht bekommen), wo wir „ganz ungestört" seien ...! Echt peinlich! Wenigstens konnten wir Matthäus davon abbringen, laut mit uns das Tischgebet zu sprechen (schätzungsweise hätte es mindestens eine halbe Stunde gedauert und dann wäre das Essen kalt gewesen). Stattdessen sangen wir „Thank you, Lord, for giving us food!", um das Personal wieder etwas versöhnlicher zu stimmen (die glauben immer, wir würden *ihnen* mit diesem Lied für das Essen danken). Abgerundet wurde dieser höchstpeinliche Abend dann mit dem Bezahlen. Das Essen kostete für uns alle 347, 50 €. Christian nahm die Rechnung, holte aus seiner Hosentasche einen Taschenrechner heraus und rechnete alles dreimal nach (was ungefähr zwanzig Minuten dauerte, da er sich immer wieder vertippte)! Dann zog er endlich sein Portmonee heraus, legte 350 € auf den Tisch und sagte: „Hier, rechnen Sie 347,54 € ... ach nein, wir wollen nicht kleinlich sein; runden wir das Ganze mal auf, also 347, 55 €!" Nie wieder gehe ich mit diesem Idioten essen!!!

Montag, 30. September

Sascha lachte sich halb tot, als ich ihm von gestern Abend erzählte! Übrigens meinte er, dass seine Eltern allem Christlichen gegenüber viel aufgeschlossener sind, seit es ihm wieder besser geht; er hat heute sogar mal mit ihnen zusammen gebetet! Freut mich total! Vielleicht war dieser Unfall ja doch zu etwas gut ... Als Sascha mich fragte, wie's im Jugendkreis war, fiel mir wieder ein, dass ich ja ganz viel Werbung für „Weihnachten im Schuhkarton" machen wollte! Außerdem wollte ich ja selbst Pakete packen – schließlich muss man auch selbst Opfer bringen, wenn man andere von einer guten Sache überzeugen will. Fragte also Nico, ob er mir nicht etwas Geld für ein paar Sachen geben könnte, die ich für die Pakete kaufen will. Aber dieser Egoist meinte nur: „Tut mir Leid, bin gerade knapp bei Kasse. Du weißt doch, ich ziehe morgen um auf die Bibelschule, und dafür brauche ich noch einiges!" So ein Geizkragen! Hielt ihm erst mal einen anständigen Vortrag darüber, dass ich es nicht gerade christlich finde (schon gar nicht von einem, der DIAKON werden will), dass er seinen „schnöden Mammon" so zusammenhalten will, anstatt von seinem Überfluss ein paar Münzen für Kinder zu opfern, die buchstäblich nichts haben! Hielt ihm schließlich das Gleichnis vom reichen Mann vor, der in die Hölle kommt, weil er dem armen Lazarus nichts abgeben wollte (so was zieht bei Christen ja normalerweise immer) und fügte hinzu, dass Diakone (auch *angehende* Diakone) in dieser Hinsicht sicher noch härter bestraft werden, weil sie ja ein Vorbild sein sollten.

Da meinte Nico nur grinsend: „Wie viel von deinem Taschengeld gibst *du* denn dafür?" Erwiderte: „Das tut ja wohl gar nichts zur Sache!" (Wenn ich genug Geld gehabt hätte, würde ich ihn ja wohl nicht fragen! Leider kann ich momentan nicht viel von meinem Taschengeld abzwacken, weil ich mir unbedingt eine neue CD mit total tollen Lobpreisliedern kaufen will.) Schließlich rückte Nico doch noch zehn Euro raus. Ich wusste ja, dass das mit dem Gleichnis zieht!

Leider waren Paps und Mama nicht da; die sind heute Morgen schon um sechs Uhr für vier Tage zu Tante Erna gefahren und haben mich gnädigerweise zu Hause bleiben lassen. Das heißt, vier Tage sturmfreie Bude!!! Super! (Schade, dass es nicht vier Wochen sind ... von mir aus könnten die auch ruhig ein halbes Jahr weg bleiben! Dann könnte ich endlich mal beweisen, dass ich allein bestens klarkomme und sie mich nicht mehr wie ein Kleinkind behandeln müssen, indem sie mir immer wieder irgendwelche Vorschriften machen!) Leider soll ich das Haushaltsgeld, das sie mir dagelassen haben, auch wirklich nur für Haushaltssachen verwenden – für „Weihnachten im Schuhkarton“ kann ich da also wohl nichts abzwacken ...

Dienstag, 1. Oktober

Das war vielleicht ein Theater heute Morgen! Vierzehn Leute aus unserem Jugendkreis und etwa zehn Leute aus Nicos Hauskreis standen um Punkt zehn Uhr vor der Tür, um Nico zu verabschieden. Sie sangen ihm ein Lied, das sie selbst gedichtet haben. Total süß! Den Refrain konnte ich mir noch merken (sie haben ihn mindestens zwölfmal gesungen, weil das Lied nur zwei kurze Strophen hatte und daher sonst schon nach zwei Minuten zu Ende gewesen wäre):

Nico, das Eine sollst du jetzt wissen:
Wir werden dich alle schrecklich vermissen!
Du bist sicher nicht gerade der Beste auf Erden;

aber wenn du dich anstrengst, kannst du's
vielleicht werden!
Drum hau ordentlich ran und setz' alles
ein,
dann wirst du Diakon und Nachfolger von
Klein!

(Angeblich soll unser Prediger Herr Klein den Text mit verfasst haben ...!)

Nico war total gerührt! Hat sogar geheult (er behauptete später zwar, ihm sei was ins Auge geflogen, als Susanne aus seinem Hauskreis ihn nach dem Lied mit Reis und Konfetti bestreut hat, aber man weiß ja, dass Männer ihre wahren Gefühle nie zugeben wollen ...!). Schließlich fühlte sich Matthäus Bartens, der unglücklicherweise auch mitgekommen war, „innerlich geführt", noch eine „spontane Reiseandacht", wie er es nannte, zu halten, die hauptsächlich darin bestand, dass er seine sämtlichen Reiseerfahrungen erzählte, natürlich nicht, ohne zu erwähnen, wie Gott ihn auf quasi jedem Kilometer für andere zum Segen und Vorbild hatte werden lassen. Er hörte erst auf, als es plötzlich einen dumpfen Knall gab und Angela laut schrie. Christian hatte für Nico zum Abschied eines seiner berüchtigten Kunstwerke gebastelt – einen Riesenstein mit aufgeklebten Zeitungsresten, Wäscheklammern und Büroklammern und der Aufschrift „Unvergessliche Gemeinschaft" – und nun hatte er dieses schwere Monstrum nicht mehr halten können und Angela auf den Fuß fallen lassen. Da der Fuß rasch anschwoll, rief Nico schnell einen Notarzt. Christian packte offenbar das schlechte Gewissen und er verdrückte sich zu einem „dringenden Termin", dieser Feigling, während alle anderen Angela bedauerten (ein bisschen übertrieben, wie ich fand). In all dem Trubel begann nun Matthäus Bartens auch noch, lautstark für eine spontane Heilung zu beten. Unser neuer Nachbar (der ist vor drei Monaten zugezogen), der Polizist ist und gerade zufällig vorbei kam, fragte uns, ob uns dieser „psychisch Gestörte" belästige (wir sagten nur „Nein" – man muss ja nicht gleich zugeben, dass solche Leute zur eigenen Gemeinde gehören!). Endlich kam der Notarzt und kümmerte sich um Angela, die dann doch ins Krankenhaus gebracht werden musste. (Matthäus wollte eigentlich mitfahren, um weiter für eine „spontane Heilung" zu beten, da sein Gebet bisher noch nicht erhört worden war, aber Angela konnte ihn schließlich überzeugen, dass es ganz sicher Gottes Wille sei, dass ihr Fuß nun gebrochen ist, und er bräuchte nicht mehr zu beten!) Nachdem sich der größte Trubel gelegt hatte, fuhr Nico mit seinem voll bepackten alten VW-Passat zur Bibelschule. Kaum war er weg, kam Matthäus auf die Idee, mit uns eine „spontane Bibelstunde" abzuhalten, wo wir sowieso schon alle hier versammelt wären. Die Bartens sind ja an sich schon eine Plage, aber wenn einer von ihnen ständig „spontane Ideen" hat, strapazieren sie die Nerven von so geduldigen und grenzenlos gütigen Menschen wie mir wirklich über das erträgliche Höchstmaß hinaus. Ich glaube, die anderen waren mir echt dankbar, als ich sagte, dass ich dafür leider keine Zeit hätte, weil ich den ganzen Tag schon mit Aktionen für „Weihnachten im Schuhkarton" (kurz WiS) verplant hätte (was nicht wirklich hundertprozentig stimmte, aber irgendwas wollte ich schon dafür machen). Auch Matthäus' Idee, dass sich doch alle „ganz spontan" an diesen Aktionen beteiligen könnten, konnte ich noch mit dem schlagenden Argument „Nee, so was muss genau durchdacht werden, das geht nicht spontan", abwehren. War echt froh, als ich endlich allein war!

War so genervt, dass ich mich ganz spontan entschied, meine Aktionen für WiS lieber auf morgen zu verschieben und den Rest des Tages mit Sascha zu telefonieren (etwa vier Stunden lang - muss es ausnutzen, dass Paps nicht da ist und über die hohen Telefonkosten schimpfen kann), Videos zu sehen und Fahrrad zu fahren! Denke, Gott hat Verständnis dafür.

(Ging abends lieber nicht zum Gebetskreis. Hatte keine Lust, schon wieder einem von den Bartens zu begegnen ...)

Mittwoch, 2. Oktober

Habe den ganzen Morgen überlegt, was ich am besten für WiS machen könnte. Zum Schuhkartons packen hatte ich keine Lust. Außerdem will ich das ganz effektiv machen: Ich will erst mal so viel Spenden zusammenkriegen, dass ich dann vierzig Kartons auf einmal damit füllen kann! Ich wette, so viele kriegt keiner von den anderen zusammen. Die meisten von denen haben das Ganze vermutlich sogar schon wieder vergessen, weil ihnen ihre Mitmenschen gar nicht wirklich wichtig sind. Die werden mich sicher bewundern und endlich merken, dass ich „geistlich schon viel weiter" bin als sie, wenn ich dann meine 40

Kartons in die Sammelstelle bringe (muss bloß aufpassen, dass die anderen dann auch wirklich dabei sind und das mitkriegen).

Dachte, dass ich bestimmt die größten Spenden in den größten Geschäften bekomme (die haben ja am meisten). Fuhr also mit meinen WiS-Zetteln und Plakaten bepackt in die Stadt und nahm für die vielen Geld- und Sachspenden vorsichtshalber sechs große Plastiktüten mit. Leider waren die Geschäfte dann doch nicht ganz so spendabel, wie ich gehofft hatte. Außer drei Luftballons, einem Kugelschreiber und einer Pappschirmmütze bekam ich nichts!!! Diese geizigen, kinderfeindlichen, miesen, gottlosen, unbarmherzigen Egoisten!!! Bin sicher, dass Jesus mit seinem Gleichnis vom reichen Mann und dem armen Lazarus genau solche Leute wie diese Geschäftsinhaber gemeint hat (die haben mir noch nicht einmal was gegeben, als ich ihnen dieses Gleichnis erzählte!)! Gab es nach vier Geschäften auf und fuhr wieder nach Hause. War so sauer, dass ich den Rest des Tages mit Sascha telefonierte (sechs Stunden - die Zeit verging irgendwie wie im Fluge ... Sascha geht es übrigens immer besser! Er liegt jetzt in einer teuren Privatklinik, wo er optimal betreut wird. Seine Eltern haben's ja ...),

Videos guckte und Inliner fuhr. Ging um 2.00 Uhr morgens ins Bett.

Donnerstag, 3. Oktober

Wollte heute doch noch mal ein paar Geschäfte „abgrasen", als mir einfiel, dass ja heute Feiertag (Tag der Deutschen Einheit) ist! So ein Mist. Rief aus lauter Frust bei Coffee an und erzählte ihr von WiS. Sie fand das total toll und will jetzt auch Pakete packen. Und dann kam sie auf die super Idee, dass ich ja mal ein paar alte Leute aus der Gemeinde fragen könnte, ob sie mir etwas für die Pakete geben, weil es vielen von denen sicher zu mühsam ist, selbst Pakete zu packen! Fand ich echt cool, diese Idee. Mir fiel als Erstes unsere alte Nachbarin Frau Krein ein, die ich gleich mal besuchen werde. Sie meckert zwar oft über Kleinigkeiten und ist auch schon etwas schusselig und schwerhörig, aber im Großen und Ganzen ist sie gar nicht so verkehrt (wenn man ihr möglichst aus dem Weg geht). Und für arme Kinder gibt sie mir sicher gerne was! Außerdem ist das dann gleich eine „gute, christliche Tat der Nächstenliebe", wenn ich mich mal ein halbes Stündchen mit ihr abgebe, wo sie doch immer so einsam ist!

(Fünf Stunden später.) Komme gerade von Frau Krein! Oh Mann, das war echt ein großes Opfer, das ich da heute Nachmittag bringen musste! Die hat mir stundenlang sämtliche Kriegserlebnisse erzählt – das heißt, eigentlich waren es nur vier kurze Erlebnisse, aber sie hat mir das alles mindestens 15 Mal hintereinander erzählt! Die alte Frau ist offenbar schon so vergesslich, dass sie sich nicht mal an das erinnern kann, was sie mir nur wenige Minuten vorher erzählt hat! Da ich als Christ ja nicht lieblos sein wollte (und weil ich eine möglichst großzügige Spende für WiS einheimsen wollte), nickte ich jedes Mal ganz interessiert und tat so, als würde ich den Kram zum ersten Mal hören. Aber zum Schluss ging mir das Ganze echt auf den Senkel! Was die Spende für WiS angeht, so versprach mir Frau Krein hinterher wenigstens, sie werde mir „einiges zusammensuchen". Geld gab sie mir leider nicht! Obwohl ich ihr noch sagte, dass es aus bestimmten Gründen nur ganz neu gekaufte Sachen sein dürfen, die man da in die Pakete tun darf und dass es am besten wäre, wenn *ich* solche Sachen kaufen würde, weil ich mich mit Kindern ja viel besser auskenne als sie! Na ja, vielleicht bringt sie mir nachher wenigstens ein paar brauchbare Sachen rüber, und immerhin habe ich sie ein bisschen von ihrer Einsamkeit erlöst (was mir Jesus doch wohl hoffentlich positiv anrechnet).

So, jetzt rufe ich erst mal Sascha an ...

Freitag, 4. Oktober

Irgendwie ist es richtig langweilig ohne Nico. Nicht, dass ich meinen gehässigen und manchmal sehr unreifen Bruder irgendwie vermissen würde, aber trotzdem ... Heute Morgen rief Mama an und fragte, ob es mir recht sei, wenn sie mit Paps noch eine Woche wegbleibt, Tante Erna wollte ihnen so gerne ein bisschen von der Gegend zeigen und Paps wollte noch einen alten Freund besuchen, usw. Die denken nur an sich! Sagte, dass mein Haushaltsgeld schon so gut wie aufgebraucht wäre, der Wäschekorb mit meiner Schmutzwäsche überläuft und ich keine Lust habe, immer überall mit dem Bus (sehr teuer!) hinzufahren anstatt von Mama mit dem Auto gefahren zu werden. Mama lachte nur und meinte allen Ernstes, die Wäsche könnte ich ja wohl selbst waschen und bügeln (wozu habe ich denn Ferien?), ich müsste ja nicht jeden Tag teuer chinesisch essen gehen (das stimmt gar nicht, einmal war ich beim Griechen und einmal beim Italiener! Außerdem muss ich als Christ doch den Besitzer des Asien-Restaurants, der ja Christ ist, finanziell unterstützen, oder?), sondern ich könnte mir doch auch mal was kochen (bin ich Alfred Biolek? Für eine Person lohnt sich das außerdem überhaupt nicht!). Schließlich sagte sie mir, wo ich noch in ihrer „Reserve-Haushaltskasse für schlechte Zeiten" etwas Geld finden könnte (immerhin) und versprach, dafür zu beten, dass die Waschmaschine nicht explodiert, wenn ich sie benutze, oder mir das heiße Bügeleisen auf den Fuß fällt! Ha ha! Manchmal hat Mama echt eine selten dämliche Art von Humor!

Habe aus Frust den ganzen Tag Videos gesehen, mit Sascha telefoniert und sogar mein Zimmer etwas aufgeräumt.

Samstag, 5. Oktober

16.00 Uhr. Heute Morgen fiel mir ein, dass Jürgen vielleicht heute Abend im Jugendkreis fragen könnte, ob schon jemand was für WiS gepackt hat. Wollte dann natürlich nicht total blöd dastehen. Fuhr also in die Stadt, wo ich vom Haushaltsgeld ein paar Sachen für ein etwa fünfjähriges Mädchen kaufte. Gerade, als ich ganz kritisch prüfend ein Benjamin-Blümchen-Malbuch ansah, sprach mich Scherer, mein blöder Kunstlehrer (der mich beobachtet haben musste), plötzlich grinsend an: „Hallo, Paula! Jetzt wird mir langsam klar, warum das Niveau deiner Kunstbilder nicht unbedingt deinem Alter entsprechend ist ...!" Erklärte schnell, dass ich dieses Buch für ein fünfjähriges Mädchen kaufe, aber dieser Idiot ging nur mit einem „Na sicher doch!" wieder weg! Blödmann!

Als ich endlich alle Sachen beisammen hatte, ging ich zu „Schuh-Oskar", dem größten Schuhgeschäft weit und breit, um mir einen leeren Schuhkarton zu besorgen. Doch der Verkäufer sagte, er hätte leider keine mehr, denn gerade vor zehn Minuten habe ein junger Mann alle leeren Schuhkartons mitgenommen, angeblich für so eine Aktion namens „Weihnachtsmann mit Schuhkartons" oder so ähnlich. Ging daraufhin noch in alle anderen Schuhläden, die ich kannte, doch nirgends war auch nur ein einziger Karton aufzutreiben! Wer immer schon für WiS Schuhkartons gesammelt hatte, er hatte ganze Arbeit geleistet! War so sauer, dass ich mittags wieder zum Asiaten ging.

22.00 Uhr. Bin echt stinksauer auf Christian! Was denkt sich dieser Vollidiot eigentlich? Glaubt der, nur weil er reiche Eltern hat, darf er sich alles erlauben und sämtliche Schuhkartons der ganzen Umgebung zusammenschnorren, um sie dann an Leute aus der Baptistengemeinde (zu der sein Cousin Quentin gehört) zu verteilen, nur weil die ihn darum gebeten haben? Der spinnt doch wohl! Der wollte doch bloß verhindern, dass wir anderen auch was für WiS packen können! Ja, ich bin mir sogar sicher, dass er sich nur selbst als großartigen Christen darstellen wollte, um ein paar Pluspunkte bei den Gemeindemitgliedern zu sammeln, dieser arrogante Egoist! Seinen blöden Spruch „Ist doch egal, wer die Kartons füllt, Hauptsache, sie werden überhaupt gefüllt und die Kinder freuen sich darüber!", hätte er sich echt sparen können – ich habe ihn nämlich längst durchschaut! War so sauer, dass ich vom Thema „Gemeinsam sind wir stark" heute nichts mitgekriegt habe. Blöder Christian! Doofer Tag!

Sonntag, 6. Oktober

Hatte den ganzen Tag Langeweile. Wollte mich mit Coffee verabreden, aber die ist offenbar jetzt im Urlaub, jedenfalls habe ich sie nicht erreicht. Zu blöd. Was soll man allein schon machen? Bin fast froh, wenn die Schule wieder anfängt (ich betone: „*fast*").

Abends zur Gemeinschaftsstunde. War ganz gut. Herr Krahl hat lang und breit (aber sehr interessant) über das Thema „Fasten" gesprochen, unter anderem darüber, dass zu biblischen Zeiten die Menschen oft gefastet haben, um ihrem Gebet (Buße oder eine Bitte) Nachdruck zu verleihen. Bin froh, dass ich weiß, dass Gott mich auch hört, wenn ich nicht faste (hoffe ich zumindest, dass das so ist ...).

Montag, 7. Oktober

Die alte Frau Krein ist echt voll daneben! Ich bekam gerade im Supermarkt mit, wie sie Frau Rittmann erzählte: „Die Jugend wird auch immer vergesslicher! Du kennst doch die Paula, die Tochter vom Küster (Frau Rittmann nickt) ... also, die kam neulich zu mir, weil sie so einsam war und niemanden hatte! Eigentlich hatte ich ja sehr viel zu tun und überhaupt keine Zeit, aber ich dachte, ich muss mich wohl als gute Christin mal um das arme Ding kümmern. Ich habe ihr dann ein paar Episoden aus meinem Leben erzählt, aber dieses Kind war so schusselig, dass sie alles sofort wieder vergaß! Ich habe ihr dieselben Geschichten mindestens zwanzigmal erzählt, aber sie war jedes Mal neu wieder so überrascht und erstaunt, weil sie alles schon wieder vergessen hatte, was ich ihr gerade erzählt hatte! Stell dir das mal vor, in *dem* Alter!" Darauf Frau Rittmann: „Vielleicht leidet sie unter einer besonderen Form von Alzheimer?" Wäre den beiden am liebsten an die Kehle gesprungen! Da aber in diesem Moment gerade Quentin um die Ecke kam, habe ich sie noch mal verschont und mich lieber mit ihm unterhalten. War echt schön, ihn endlich mal wieder zu sehen! Yasmin bekommt jetzt übrigens ein Baby! Soll wohl ein Junge werden. Hoffe, der Kleine bekommt einen besseren Namen als sein Vater! Quentin meinte dann auch noch: „Übrigens, ich finde es echt großartig, dass Christian jetzt in eure Gemeinde geht und sogar Christ geworden ist! Mann, wie lange habe ich dafür schon gebetet! Aber in unserer Baptistengemeinde hatte er mal mit jemandem massiven Streit, und seitdem war er nicht mehr gut auf Christen zu sprechen! Aber jetzt habt ihr es doch geschafft, dass er zu Gott gefunden hat! Ich glaube, das hat er hauptsächlich dir zu verdanken, weil du dich immer so nett um ihn kümmerst!

Er hält ja große Stücke von dir! Du bist echt'n starkes Mädel, Paula!" War echt etwas beschämt. Kann mich nicht erinnern, dass Quentin schon mal so nette Sachen zu mir gesagt hat. Wehrte schnell ab: „Ach, das mache ich doch gerne ... wirklich nicht der Rede wert ..." Bevor Quentin rausging, rief er mir noch zu: „Ach ja, eure Aktion ‚Weihnachten im Schuhkarton' finde ich echt super! Yasmin und ich haben auch schon fünf Kartons gepackt!" Wollte ihm noch erklären, dass ich sicher schon *zwanzig* gepackt hätte, wenn sein dämlicher Cousin mir nicht alle Kartons vor der Nase weggeschnappt hätte, aber dann fiel mir blitzartig ein, dass das mein Ansehen in seinen Augen vermutlich radikal gesenkt hätte (wo er sich doch so freut, dass ich mich um Christian „kümmere"), und ich ließ es bleiben ...

Dienstag, 8. Oktober

Bin stinksauer! Komme gerade vom Gebetskreis. Dort hat Frau Rittmann doch allen Ernstes unter anderem dafür gebetet, dass „Gott der Jugend in der Gemeinde viel Kraft und ein besseres Gedächnis geben möge und ihr selbst klar machen solle, ob sie mich nicht in der Wichteljungschar komplett ablösen solle, weil ich ja mit dieser schwierigen Aufgabe sicher überfordert sei". Ich hätte sie ...! Das ließ ich natürlich nicht auf mir sitzen, sondern betete anschließend: „Danke, Gott, dass du mir ein fabelhaftes Gedächnis gegeben hast, mit dem ich mir immer alles so merken kann, wie es mir die Leute erzählen, und nicht noch irgendwas dazuerfinden muss, um meine Gedächtnislücken auszugleichen, und dass ich keine Sachen weitererzählen muss, die ich nicht sicher weiß, so wie manche anderen Leute das manchmal tun! Danke, dass du mich auch bei meiner Arbeit in der Wicheljungschar immer wieder bestätigst und wir alle die ganze Zeit prima mit drei Leitern – Dani, Otti und mir – ausgekommen sind und keine weitere Hilfe brauchten! Danke dafür, Herr!" So, der hab' ich's aber gegeben! Hoffe, das wird ihr eine Lehre sein!

Wenigstens etwas war ganz lustig: Frau Rittmann jammerte nach dem Gebetstreffen mal wieder über die anstrengenden Vorbereitungen zu ihrem 60. Geburtstag (der ist erst Anfang Dezember!). Herr Kamerau bekam davon nur noch mit, dass sie sagte: „Hach, mich schaudert regelrecht, wenn ich an meinen 60. Geburtstag denke!" Darauf meinte er: „Wieso, was war denn damals so schlimm?" Frau Rittmann fiel fast die Kinnlade runter, weil sie immer der Ansicht ist, noch wie mindestens vierzig auszusehen. Schätze, sie hätte Herrn Kamerau am liebsten ordentlich die Meinung gesagt, aber da sie gerade zehn Minuten vorher noch für „mehr Frieden und Liebe in der Gemeinde" gebetet hatte, zwang sie sich zu einem christlich-gütigen Lächeln und presste nur ein „Sie Scherzkeks!" hervor.

Mittwoch, 9. Oktober

Eben rief Coffee an und fragte mich, ob ich Lust hätte, mit ihr zusammen in die nächstgrößere Stadt zu fahren, um dort in den Geschäften um Spenden für WiS zu bitten. Sie meinte, sie hätte sich jede Menge Werbematerial bei Jürgen besorgt und damit in den letzten zwei Tagen schon sämtliche Geschäfte und Kirchengemeinden in ihrer Umgebung abgegrast und ordentlich Werbung gemacht. Zwei Pastoren (Pastors? Oder Pastöre? Oder Pastorale?) hätten ihr versprochen, in ihrer Gemeinde dafür ebenfalls ordentlich die Werbetrommel zu rühren, und von den Geschäften habe sie insgesamt schon sieben Tüten voll Spielzeug, Schreibmaterial, Luftballons usw. bekommen. Besonders auch Apotheken und

Banken seien sehr spendabel gewesen! Und 14 Kartons hätte sie mit diesen Spenden schon packen können (sie hat von ihrem Taschengeld noch ein paar Kleinigkeiten dazugekauft). Kam mir irgendwie miserabel vor, weil ich noch nicht einmal *einen* Karton zustande gebracht habe, geschweige denn bei irgendwelchen Kirchen gefragt habe! Hatte allerdings jetzt auch keine Lust, mit Coffee durch die Gegend zu ziehen und mir laufend ihre Erfolge anzuhören. Außerdem kommt gleich so ein guter Film im Fernsehen! Sagte deshalb ab.

22.00 Uhr. Der Film war doof. Hätte wohl doch besser mitgehen sollen. *Gott, warum bin ich bloß immer so blöd und mache alles falsch?? Wieso ist Coffee eine viel bessere Christin als ich, obwohl sie sich erst viel später bekehrt hat als ich? Das ist einfach nicht fair!*

Donnerstag, 10. Oktober

16.00 Uhr. Bin heute noch mal durch alle möglichen Geschäfte gelatscht und habe um Spenden für WiS gebeten. Leider war mir offenbar Christian mal wieder zuvorgekommen, dieser Wichtigtuer! Fast überall sagte man mir, dass man gestern schon einem *netten* jungen Mann (eigentlich kann es dann ja nicht Christian sein, oder?) etwas für diese Aktion gegeben habe, und dann zeigten die Verkäuferinnen immer auf das große WiS-Plakat, das sie freundlicherweise ins Schaufenster gehängt hatten. (Erwischte nur noch drei Geschäfte, in denen Christian noch nicht gewesen war, aber dort gaben mir diese geizigen Geschäftsinhaber nichts! Frage mich nur, wie Christian das immer anstellt, dass die ihm was geben ...) So ein Mist! Dieser Blödmann muss einem immer alles vermasseln, nur weil er wahrscheinlich am Sonntag allen in der Gemeinschaftsstunde erzählen will, was er für ein toller Christ ist, der sich selbstlos einsetzt und so weiter! Der nutzt doch jede Gelegenheit schamlos aus, um sich wichtig zu machen! Und das auf Kosten der armen Kinder, für die diese Aktion eigentlich gedacht ist! Einfach widerlich! Wenn das so weitergeht, kriege ich keinen einzigen Schuhkarton zustande (geschweige denn die vierzig, die ich mir vorgenommen hatte)! Wie stehe ich denn dann da? Und das alles nur wegen diesem Idioten! Wette, der gibt heute Abend im Chor schon mit seinen großartigen Taten an!

(Als ich Sascha von Christians Aktionen erzählte, fand er es „total toll, wie dieser Typ sich jetzt engagiert, wo er sich doch immer nur um sich selbst gedreht hat, und ich solle mich doch einfach darüber freuen"! Der spinnt doch! Irgendwie scheint Sascha bei dem Unfall doch mehr abgekriegt zu haben, als ich dachte ...)

Gott, kannst du mir nicht irgendeine gute Möglichkeit zeigen, wie ich doch noch ein paar Pakete zustande kriege? Ich meine, wo ich mir doch so viel Mühe gebe?

23.00 Uhr. Herr Schröder ist manchmal echt ein bisschen größenwahnsinnig! Er hat ein Weihnachtsmusical geschrieben und komponiert (hat der nichts Besseres zu tun?), das wir nun für Heiligabend einüben wollen. Im Prinzip habe ich ja nichts gegen Musicals, aber wieso muss da jedes Lied, das der ganze Chor singt, mindestens achtstimmig gesungen werden?? Das kriegen wir bis Weihnachten doch nie hin! Außerdem scheint Schröder mit zunehmendem Alter auch sein Urteilsvermögen vollständig zu verlieren. Anders kann ich es mir nicht erklären, dass ausgerechnet Christian die Hauptrolle des Josef spielen darf und Daniela die Maria (zugegeben, wenn Christian den Josef spielt, wäre ich nicht gerade scharf darauf, Maria zu sein ...). Selbst Frau Süßmilch (die sonst eigentlich gar nicht zum Chor gehört, sich aber sofort freiwillig meldete, als sie hörte, dass Herr Kamerau einen Wirt spielt), darf nun die Frau des Wirtes spielen. Angela, Herr Krahl und Jürgen sind Hirten (für die Schafe hat sich noch keiner gefunden) und Marie aus unserem Jugendkreis spielt den Engel Gabriel. Und ich? Ich gehöre einfach nur zum Hintergrundchor, als ob ich für einen Solo-Part nicht gut genug singen könnte!

Fragte Christian hinterher, ob er vielleicht in den Geschäften wegen WiS-Spenden gefragt habe. Da meinte er: „Klar, für so eine Sache muss man sich doch einsetzen!" Angeber! Dann fragte er mich allen Ernstes, ob ich Lust hätte, mit ihm zusammen morgen Pakete zu packen, er habe die „Spenden" noch gar nicht weiter durchgesehen. Habe natürlich abgelehnt. Das fehlte mir auch noch, dass ich für den Pakete packe, die er dann wahrscheinlich noch als seine eigenen ausgibt! (Falls es beim Jüngsten Gericht später mal darum gehen sollte, wie viele Pakete man in christlicher Nächstenliebe für WiS gepackt hat, will ich jedenfalls nicht, dass dieser Blödi meine Pakete für sich rechnet!)

Freitag, 11. Oktober

Ha, Christian wird sich ärgern! Jetzt komme ich doch besser raus als er! Heute rief nämlich Jürgen an und fragte, ob ich an seiner Stelle zur Zeitung gehen könnte, um einem Reporter dort etwas über WiS zu erzählen und ordentlich Werbung zu machen! (Er hatte mit dem Typen einen Termin vereinbart, aber übersehen, dass er zu diesem Zeitpunkt gar keine Zeit hatte.) Sagte natürlich sofort zu (Wann hat man schon mal die Chance, in die Zeitung zu kommen?). Habe dem Mann dann alles Mögliche über WiS erzählt (natürlich vor allem, wie sehr ich mir die Füße wund gelatscht habe, um in Geschäften Spenden zu bekommen, und dass Christian mir immer alles vor der Nase weggeschnappt hat), und zum Schluss hat der Mann sogar ein FOTO von mir und einem WiS-Plakat gemacht! Wow! Ich wette, selbst die Bartens waren noch nie mit einem Foto in der Zeitung! Morgen soll der Artikel schon erscheinen! Freue mich schon riesig drauf! Wahrscheinlich werden mich am Sonntag in der Gemeinschaftsstunde alle darauf ansprechen und mir bewundernd erklären, wie toll sie es finden, dass ich mich so selbstlos für diese Aktion einsetze! (Nicht, dass ich das irgendwie wollen würde; im Gegensatz zu anderen bin ich ja nicht auf Bewunderung und Anerkennung aus; aber wie ich die Leute aus unserer Gemeinde einschätze, werde ich ihnen gar nicht entwischen können, bevor sie mir ihr ausdrückliches Lob ausgesprochen haben ...)

Danke, Gott, dass Jürgen gerade mich gefragt hat, ob ich ihn bei der Zeitung vertrete!

Samstag, 12. Oktober

Dieser blöde, inkompetente und vollkommen idiotische Zeitungsfritze hat doch echt'n Rad ab! Der Artikel ist so unverschämt bescheuert, dass ich ihn komplett in mein Tagebuch abschreibe:

„Weihnachten im Schuhkarton – Geschenke für arme Kinder!

Weberbeck. Die Landeskirchliche Gemeinschaft in Weberbeck beteiligt sich in diesem Jahr an einer Aktion namens ‚Weihnachten im Schuhkarton'. Dabei geht es darum, Weihnachtsgeschenke (in Schuhkartons) für Kinder in armen Ländern und Krisengebieten zu packen – für Kinder, die oft buchstäblich gar nichts haben außer der Erinnerung an grauenhafte

Erlebnisse. Gepackt werden können zum Beispiel Spielzeug, Hygieneartikel, Schreibzeug, Süßigkeiten und Kleidung; alles sollte jedoch neuwertig sein, um den Kindern eine wirkliche Freude zu machen. Bei der Verteilung der Geschenke, die durch die Organisation ‚Samaritan's Purse' vorgenommen wird, hören die Kinder dann auch die Weihnachtsgeschichte und erfahren so oft zum ersten Mal den wahren Sinn von Weihnachten. Wer gerne mitmachen möchte, braucht nur ein Geschenk in einen Schuhkarton zu packen, das Alter und Geschlecht des Kindes angeben (2-4 Jahre, 5-9 Jahre oder 10-14 Jahre), für das dieses Geschenk gedacht ist, seine Adresse beizulegen und den Karton bei der Landeskirchlichen Gemeinschaft Weberbeck abzugeben. Es wird darum gebeten, auch eine Spende von 6 € für die Transportkosten beizulegen. Auch zahlreiche Geschäfte haben sich bereits an der Aktion beteiligt, indem sie einem der Hauptverantwortlichen dieser Aktion, Herrn Christian Heinemann, Spenden übergaben, die Herr Heinemann dann mit anderen Mitarbeitern zu Geschenken packte. Bis Anfang November werden in der Landeskirchlichen Gemeinschaft die

Kartons noch gesammelt, dann werden sie von ‚Samaritan's Purse' abgeholt und in die Zielländer zu den Kindern gebracht. Bleibt zu hoffen, dass sich möglichst viele an dieser großartigen Aktion beteiligen, damit viele Kinder ein unvergesslich schönes Weihnachtsfest erleben und wieder lachen lernen können. Nähere Informationen und ein Video über diese Aktion gibt es bei der Landeskirchlichen Gemeinschaft Weberbeck."

Dieser Blödian hat nicht ein einziges Wort über mich und meinen unermüdlichen Einsatz geschrieben! Stattdessen stellt er Christian als HAUPTVERANTWORTLICHEN dar!! Das ist doch wohl der Gipfel der Unverschämtheit! Und auf dem Foto sieht man (neben dem Plakat) nur meine Hände, mit denen ich das Plakat halte! Ich wette, ja, ich bin mir sogar sicher, dass Christian irgendwie von diesem Interview erfahren hat und hinterher da angerufen und die Reportage total manipuliert hat, dieser selbstherrliche Egoist! Bin echt sauer!

(Sascha war auch total blöd! Als ich ihm den Artikel vorlas, meinte er allen Ernstes, der Artikel sei doch große Klasse, sehr positiv und informativ! Und das mit Christian sei doch nicht so schlimm ...! Manchmal frage ich mich echt, zu wem Sascha eigentlich hält ...!)

Gott, das ist einfach nicht fair! Warum erntet Christian immer alle Lorbeeren, obwohl ich mir doch mindestens genauso viel Mühe gebe??

Sonntag, 13. Oktober

Christian ist echt ein Mistkerl und ein schrecklicher Heuchler! Nach allem, was er mir angetan hat, wagte er es heute Abend vor der Gemeinschaftsstunde auch noch, auf mich zuzukommen und mir zu danken, weil „ich der Presse so viel Gutes über ihn erzählt habe". Angeblich hätte er von Jürgen erst heute Abend erfahren, dass *ich* diese ganzen Sachen der Presse erzählt habe! Ha ha! Das glaubt der doch selbst nicht! War so sauer, dass ich von der Predigt fast nichts mitbekam (ich glaube, es ging um das Thema „Dienen mit Demut" oder so ...).

Aber irgendwie schaffe ich es noch, dass ich mehr Pakete packe als Christian! Bestimmt!

(Wenigstens hat sich Jürgen bei mir ausführlich bedankt, dass ich das Interview so toll gemacht hätte. War allerdings etwas verlegen, als er meinte „Ich fand es echt super, dass du dich selbst da nicht irgendwie hervorgehoben hast. Es soll ja Leute geben, die so etwas ausnutzen, um ihre eigene Leistung darzustellen und sich selbst ins Rampenlicht zu stellen! Da sieht man wirklich, dass du schon sehr reif bist für dein Alter!" Sagte schnell: „Ach das war doch selbstverständlich. Schließlich geht es ja um die Sache und nicht um mich!" Sah zu, dass ich schnell nach Hause kam ...)

Montag, 14. Oktober

Heute war wieder Schule. Und es begann gleich mit einer total peinlichen Situation. Unser geistig unterbelichteter Deutschlehrer hatte den glorreichen Einfall, uns als Hausaufgabe entweder einen „romantischen Liebesbrief" oder einen „sehr massiven Drohbrief" schreiben zu lassen! Entschied mich für den „sehr massiven Drohbrief". Da ich mir mit diesem Schwachsinn nicht den Nachmittag verderben wollte, habe ich in Englisch heimlich einen unter dem Tisch geschrieben. Der Brief sollte folgende drei Punkte erfüllen:

1. Er musste an eine Person gerichtet sein, der wir im wirklichen Leben niemals einen Drohbrief schreiben würden.

2. Er sollte möglichst viele Vergleiche enthalten.
3. Er sollte „viel Raum für Fantasie" lassen!

So was Bekloppptes kann auch nur einem Deutschlehrer einfallen! Überlegte krampfhaft, an wen ich diesen blödsinnigen Brief richten könnte, und nahm schließlich einfach meinen Englischlehrer Eickhoff, einen jungen Schnösel frisch von der Uni, der so hypersensibel ist, dass er schon fast losheult, wenn sich bei einer seiner Fragen mal kein Schüler meldet.

Ich schrieb also:

„Hör zu, Eickhoff, du altes Miststück von Englischlehrer!
Wenn du deinen dämlichen Unterricht, der schlimmer ist, als mit 70 schwerhörigen Rentnern in einem Keller voller Ratten eingesperrt zu sein *(ein sehr schöner Vergleich, wie ich finde)*, nicht endlich verbesserst, wirst du deine Lehrerlaufbahn wohl kaum zu Ende bringen ...! *(Platz für Fantasie!)* Ich werde dir die Visage polieren, dass ein Frosch im Mixer hinterher gegen dich wie ein Prinz wirkt *(Vergleich!)*. Ich mache bei dir Telefonterror, dass du

dich fühlst, als würde es Reißzwecken regnen, die sich tief in deine Milchbubihaut bohren ..."

Überlegte gerade, ob diese Drohung wohl massiv genug war, als Tom aufs Klo musste, die Klassentür aufmachte und durch den Windzug (das Fenster stand auch offen) mein Blatt herunterwehte. Unglücklicherweise hob Herr Eickhoff das Blatt auf, bevor ich es tun konnte. Neugierig, wie er ist, las er sich den „Brief" durch und wurde dabei zunehmend blasser, während ich am liebsten im Boden versunken wäre. Ich glaube, meine Erklärung „Herr Steffens wollte, dass ich so was schreibe" hat ihn nicht wirklich beruhigt, denn Eickhoff sah danach aus, als würde er von Folterknechten gejagt werden, und er verließ heulend das Klassenzimmer. Mir war das so peinlich!!! In diesem Augenblick bedauerte ich sehr, dass Coffee nicht mehr mit mir zur Schule geht, denn sie hätte bestimmt den Mut gehabt, hinterherzulaufen und Eickhoff alles zu erklären. So blieb diese undankbare Aufgabe an mir hängen. Nach der ersten Schrecksekunde (o.k., zugegeben, ich habe auf Anraten der anderen bis zum Schluss der Stunde gewartet, natürlich nur, damit Eickhoff sich erst mal ein bisschen beruhigen kann ...) lief ich also zum Lehrerzimmer, wo ich Eickhoff aber nicht mehr traf, weil er schon nach Hause gegangen war (die Sekretärin meinte, ihm sei plötzlich furchtbar elend gewesen). Hatte ein ziemlich schlechtes Gewissen und schrieb ihm schließlich einen Entschuldigungs- und Erklärungsbrief, den ich auf dem Heimweg in seinen Briefkasten warf (die Sekretärin hat mir netterweise seine Adresse verraten). Hoffe, er nimmt mir dieses kleine Missverständnis nicht weiter übel ...

Tut mir echt Leid, dass ich dem Mann wohl einen kleinen Schrecken eingejagt habe, Gott. Aber wieso muss ausgerechnet mir immer so was passieren??? Eigentlich ist ja auch nur Steffens dran schuld, oder?

(Sascha lachte sie halb tot, als ich ihm später am Telefon alles erzählte. Ihm geht es übrigens wieder ganz gut. Nächste Woche darf er nach Hause! Und seine Eltern wollen immer mehr über seinen Glauben an Gott wissen! *Danke, Gott!)*

Dienstag, 15. Oktober

Habe Eickhoff heute nicht in der Schule gesehen. Der wird sich doch meinen „Brief" nicht zu sehr zu Herzen genommen haben, oder ...? Falls er vielleicht meine Erklärung nicht gefunden hat oder so ... *Gott, bitte halte ihn davon ab, sich aus Angst etwas anzutun!!*

Es hat keinen Sinn, wir kriegen die blöde Rittmann nicht mehr unter Kontrolle. Sie hat wieder die ganze Wichteljungschar allein gemacht! Uns (also Daniela, Otti und mich) ließ sie höchstens die Stühle stellen, aufräumen oder – ganz besonders gnädig! – eines ihrer uralten Lieder auf der Gitarre begleiten. Als sie endlich weg war, haben wir überlegt, wie wir ihr am besten klar machen könnten, dass sie in der Wichteljungschar überflüssig ist. Ottis Vorschlag, mit den Kids eine „60er-Jahre-Party" zu veranstalten und damit Frau Rittmann zu vertreiben, erschien uns nicht gerade die ideale Lösung zu sein. Da kam Dani dann auf den Gedanken, ihr einfach ein paar Aufgaben zuzuschustern, die sie auf Trab halten, sodass sie für die Wichteljungschar gar keine Zeit mehr hat! Dani meinte, sie wüsste da auch schon so einiges ... Hoffe, das klappt!

Bitte, bitte, Gott, lass es klappen!!!!

23.00 Uhr. Beim Gebetskreis war es echt cool heute. Erst betete Herr Schröder inbrünstig darum, dass sein „großartiges

Weihnachtsmusical" doch „vielen zum Segen werden möge" und dass er „genug Glauben hat, dass unser Chor das schon irgendwie hinbekommt" (Ich persönlich habe diesen Glauben nicht und betete daraufhin, dass Gott uns zeigen möge, ob dieses Musical überhaupt für unseren Chor geeignet ist.). Später betete Frau Süßmilch darum, dass Gott „den armen Herrn Kamerau doch von den Qualen der Einsamkeit erlösen möge und ihm eine gute, christliche Frau in seinem Alter (wie alt ist Frau Süßmilch doch gleich ...?) schenken solle, damit dieser wunderbare Mann endlich die Freuden einer Ehe erfahren kann". Das war sozusagen die „diplomatische Form des christlichen Anbaggerns", um es mal so zu nennen. Musste mich echt zusammenreißen, um nicht zu lachen. Besonders, als Herr Kamerau Gott anschließend anhaltend dafür dankte, dass er überhaupt nicht einsam sei und ein glückliches, unbeschwertes Leben führen könne, ohne ständig auf irgendeine Partnerin Rücksicht nehmen zu müssen. Kaum war er fertig, betete Frau Süßmilch darum, dass Gott doch „gewissen Geschwistern immer wieder zeigen möge, wie wichtig es sei, durch andere Ermutigung, Trost und Hilfe in den Schwierigkeiten des Alltags zu erfahren". Ich wette, Herr Kamerau hätte danach wiederum gebetet, dass er Gott so dankbar ist für die Gemeinschaft mit den Glaubensgeschwistern, die ihm allerdings völlig ausreiche, doch leider schaltete sich nun Jürgen ein, der dafür betete, dass möglichst viele bei unserer WiS-Aktion mitmachen sollen. Hörte, wie Herr Kamerau nach dem Gebetstreffen zu Herrn Schröder ging und sagte, er wolle nun doch nicht den Wirt bei seinem Weihnachtsmusical spielen (mit Frau Süßmilch als „Ehefrau"), um gewissen Leuten keine falschen Hoffnungen zu machen. Den armen Schröder stürzte das in eine tiefe Krise, und ich hatte fast den Eindruck, dass er mich ansah, als habe ich Schuld daran ...! (Er lehnte Herrn Kameraus Wunsch übrigens mit der Begründung ab, er könne ihm keine andere Rolle geben, und er wüsste keinen, der den Wirt sonst spielen sollte.) Konnte mir leider ein Grinsen nicht verkneifen ...

Gott, irgendwie finde ich das echt albern, dass manche aus unserer Gemeinde offenbar immer das in ihren Gebeten sagen, was sie sich nicht trauen, den Leuten direkt zu sagen! Ist doch ziemlich unreif, oder?

Mittwoch, 16. Oktober

Heute kam Herr Eickhoff auf mich zu und dankte mir für meinen Brief. Er behauptete, er habe keinen Augenblick an die Echtheit meines „Drohbriefes" geglaubt und das Ganze sofort als Scherz aufgefasst. Trotzdem fand er es nett, dass ich mich entschuldigt hätte. War echt erleichtert, als er das sagte! *Danke, Gott!*

Abends kamen Mama und Paps wieder. Eigentlich echt gut. Vom Haushaltsgeld ist nämlich nichts mehr da ...

Donnerstag, 17. Oktober

Heute beim Chor musste ich Christian ausnahmsweise mal Recht geben: Unser Gesang klang einfach grauenhaft! Die 14 eigens von Schröder komponierten Stimmen passten wirklich nicht zusammen! Schröder wurde richtig sauer, als Christian ihm das immer wieder vorhielt und sagte: „Ich bin seit fast 30 Jahren hier der Chorleiter, da werde ich wohl mehr musikalisches Verständnis haben als Sie, Herr Heinemann!" Darauf Christian: „Mag ja sein, aber ich spiele seit dem vierten Lebensjahr Klavier und Querflöte und habe drei Jahre Musik und Gesang studiert (Hört, hört! Die armen Musiklehrer ...!) – und ich muss sagen, selbst ein Taubstummer würde spüren, dass diese Stimmen absolut nicht zusammenpassen!" Schließlich war Schröder so sauer, dass er Christian quasi rausschmiss („Sie können ja gehen, wenn's Ihnen nicht passt!"). Christian ging dann wortlos raus, und wir anderen sahen uns betreten an. Als Herr Kamerau nun hoffnungsvoll fragte, ob er nicht den Josef spielen könne (der ja *noch* wichtiger sei als der Wirt), fing Frau Süßmilch an zu lamentieren, dass man jetzt nicht mitten in der Vorbereitung die Rollen vertauschen könne, sie habe sich seelisch schon ganz auf Herrn Kamerau als ihren Mann eingestellt. Schröder bekam fast 'ne Krise und erklärte die Chorstunde für beendet. Eigentlich hatte ich noch sagen wollen, dass ich den Text:

„Maria und Josef gingen umher,
der Bauch war dick und sehr, sehr schwer"

etwas missverständlich fand, weil sich das so anhört, als ob Josef auch voll fett war, aber ich habe mich nicht mehr getraut. Irgendwie tat mir Herr Schröder fast ein bisschen Leid. Schätze, seine Gebete werden vielleicht doch nicht erhört ...

Freitag, 18. Oktober

Heute Nachmittag erinnerte mich Mama daran, dass wir morgen zu Tante Olgas 77. Geburtstag fahren und meinte, ob ich denn schon „ein paar nette Sachen" dafür vorbereitet hätte wie Sketche oder Ähnliches! Die hat vielleicht Nerven! Erst erinnert sie mich so spät an diesen dämlichen Geburtstag, und dann soll ich da auch noch was vorführen (o.k., genau genommen hat sie mich irgendwann vor ein paar Wochen schon mal daran erinnert – so zwanzigmal vielleicht – aber bei dem Stress, den ich immer habe, ist es doch klar, dass ich so was vergesse). Sagte, dass ich ein, zwei Lieder auf meiner Gitarre vorspielen werde. So was kommt ja immer gut an, und außerdem ist es was Besonderes, denn auf diese Idee kommen die anderen bestimmt nicht! Werde zwei ihrer Lieblingslieder, „Großer Gott, wir loben dich" und „Jesus ist kommen" nehmen (Da brauch ich nicht mehr groß zu üben.). Die kann froh sein, dass ich überhaupt was mache!

Samstag, 19. Oktober

Kamen gegen halb drei bei Tante Olga an, die diesmal aus irgendeinem Spleen heraus („Ich wollte euch alle noch mal sehen!") nicht nur die gesamte Verwandtschaft, sondern auch quasi das ganze Dorf eingeladen hat! Muss doch irre teuer geworden sein, denn die Gaststätte, in der wir gefeiert haben, ist nicht gerade billig. Manchmal frage ich mich echt, ob es nötig ist, das Geld so zum Fenster rauszuschmeißen! Das hätte man doch auch für einen guten Zweck spenden können, zum Beispiel für WiS (als ich Mama das sagte, meinte sie, das hätte ich mit dem Geld, das ich beim Asiaten während der letzten zwei Wochen ausgegeben habe, auch tun können. Ha ha! Das ist ja wohl was ganz anderes! Schließlich habe ich niemanden eingeladen, und außerdem habe ich damit einen Glaubensbruder finanziell unterstützt!).

Die Feier war dann ziemlich durchwachsen. Besonders, weil fast *alle* Gäste Lieder vorsangen und sie auf Gitarre oder anderen Instrumenten begleiteten (Und natürlich sangen meine Cousins Sven und Markus, die total musikalisch sind, auch noch genau die beiden Lieder, die ich eigentlich singen wollte, weshalb ich meinen „Auftritt" ausfallen ließ.). Wenigstens sah ich Nico endlich mal wieder (nicht, dass ich ihn vermisst hätte, aber es war trotzdem sehr schön); er war direkt von der Bibelschule zu Tante Olga gefahren.

Sofie, meine nervtötende achtjährige Cousine, war leider auch da und laberte mich die ganze Zeit mit irgendwelchen albernen Scherzfragen voll. Beim Mittagessen sagte sie dann, dass sie noch ein ganz tolles Gedicht zum Mittagessen kennt. Natürlich wollte Tante Olga es hören, und da nutzte Sofie die Chance, dass ihre Mutter gerade auf der Toilette war (ihr Vater konnte nicht mitkommen - also, zum Geburtstag, meine ich), und brüllte durch den Saal:

„Was auf den Tisch kommt essen wir,
nur nicht das Geschirr.
Ist das Essen hier ein Graus,
brechen wir es wieder aus!
Ein jeder esse, was er kann,
nur nicht seinen Nebenmann
und - wir nehmen's ganz genau -
auch nicht seine Nebenfrau!
Hat er sie dann doch gegessen,
Zähne putzen nicht vergessen!
Denn Knochensplitter in den Zähnen ..."

An dieser Stelle kam Tante Helga im Laufschritt vom Klo und hielt sofort Sofie den Mund zu. Doch es war schon zu spät: Tante Olga lag bereits ohnmächtig auf dem Boden. Zum Glück kam sie kurz darauf wieder zu sich und Sofie bekam zur Strafe (auf Anordnung von Tante Olga) keinen Nachtisch („damit das Kind sich merkt, dass sich so ein Verhalten nicht gehört!"). Sofie war daraufhin stinksauer und sprach den ganzen Tag kein Wort mehr (welch eine Erholung!!). Manchmal hat Tante Olga richtig gute Einfälle!

Sonntag, 20. Oktober

Heute Nachmittag rief Jürgen an und teilte mir mit, dass alle gestern Abend im Jugendkreis beschlossen hätten, eine Sonderaktion für WiS zu starten: Am kommenden Samstag wollen wir auf dem Herbstmarkt ein paar Stände aufbauen, bei denen wir z.B. selbstgebastelte Sachen, Flohmarktartikel und Ähnliches verkaufen, um Geld für WiS zu sammeln. Und natürlich verteilen wir auch Info-Broschüren über „Weihnachten im Schuhkarton". Finde die Idee echt Klasse! Total genial!! Hätte ich auch selbst drauf kommen können! Wenn ich mein Zimmer ausmiste, kriege ich bestimmt noch einiges zusammen, das ich dann verkaufen kann. Und mit dem Geld kaufe ich dann Sachen für Pakete!

Gott, bitte lass uns (also, vor allem mich) ganz viel verkaufen! Du willst doch sicher auch, dass ich viele Pakete packen kann, oder?

(Irgendwie wird es Zeit, dass ich endlich ein Paket packe! Jürgen meinte, er hätte gestern mal nachgezählt, wie viele Pakete schon abgegeben worden seien: Es waren 147 Stück!! Und Coffee hätte heute Morgen noch mal 7 Stück vorbeigebracht! Muss mich echt ranhalten, wenn ich das noch überbieten will!)

Montag, 21. Oktober

17.00 Uhr. Habe heute Nachmittag mal mein Zimmer ausgemistet und dabei festgestellt, dass ich eigentlich gar nicht viel habe, was ich verkaufen könnte (Auch wenn Mama meint, es sei albern, alle 326 Kuscheltiere aus meiner Kinderzeit zur Erinnerung aufzuheben und zwei oder drei würden es auch tun ... Aber ich hänge nun mal an meinen Sachen! Ich schätze, niemand würde sich von so wertvollen Erinnerungsstücken trennen!). Fand im Grunde nur ein paar alte Schulbücher, die ich im Notfall hergeben würde ...

18.00 Uhr. Coffee rief eben an (sie will bei unserer Herbstmarkt-Aktion mitmachen) und erzählte mir, dass sie quasi ihr gesamtes Spielzeug verkauft, das sie je besessen hat. Habe mich daraufhin spontan entschlossen, mich doch von 300 meiner Kuscheltiere zu trennen.

Gott, ich hoffe, du rechnest mir dieses große Opfer hoch an!

Dienstag, 22. Oktober

Diese blöde Rittmann geht mir total auf'n Keks! Wünschte echt, es würde was passieren, dass die nie wieder kommt und wir endlich wieder selbst die Wicheljungschar leiten können! Jetzt will sie auch noch bei unserer Aktion für WiS mitmachen und hat mit den Wichteljungschar-Kids (es waren erstaunlicherweise 15 da!) heute dafür extra zwei Lieder eingeübt, und zwar: „Oh komm, du armer Sünder" und „Halte ein und überlege, Sünder"! Das wird doch wieder höchstpeinlich! Wenn die da solche Lieder singt, bleibt garantiert keiner stehen, um bei uns was zu kaufen! Daniela meinte hinterher, dass man sie wohl kaum davon abbringen könnte, schließlich sei diese Aktion auf dem Herbstmarkt ihre Idee gewesen! Dachte, ich höre nicht richtig! Die Idee stammt von Frau Rittmann? Kaum zu glauben ... (Daniela meinte, sie hätte Frau Rittmann gesagt, sie solle sich mal was „Gutes für WiS" ausdenken, damit sie so beschäftigt ist, dass sie für die Wichteljungschar keine Zeit mehr hat! Toller Erfolg ...!) Na ja, eigentlich ist die Idee mit der Aktion auf dem Herbstmarkt auch gar nicht so toll ... wahrscheinlich verkaufen wir sowieso kaum etwas!

(Betete abends beim Gebetskreis darum, dass das mit unserer Aktion „trotz mancher negativen Aspekte ein Erfolg wird". Hab mich nicht getraut, dafür zu beten, dass die Kids die Liedertexte bis Samstag vergessen ...)

Mittwoch, 23. Oktober

Coffee ist echt ein Schatz! Heute Nachmittag rief sie an und fragte, ob sie nicht spontan mit einer Ladung Schuhkartons und allen möglichen schönen Sachen zum Einpacken vorbeikommen könnte, damit wir zusammen ein paar Pakete packen. Sagte sofort zu, und kurz darauf war sie da. Um 22.30 Uhr hatten wir dann insgesamt 39 Pakete gepackt (Mama hat uns auch noch ein paar gute Sachen zum Einpacken besorgt, zum Beispiel Süßigkeiten, Zahnbürsten, Blöcke und so was ... manchmal ist sie wirklich ganz erstaunlich nett!), und wir waren echt total groggy! Fragte Coffee, wie viele der Pakete ihrer Meinung nach „auf mein Konto" gehen und wie viele sie gepackt hätte. Da lachte sie nur und meinte: „Das ist doch so was von egal! Hauptsache, die Kids freuen sich drüber, oder?" Natürlich hat sie Recht. Ich meinte ja auch nur so ...

Danke, Gott, dass ich nun doch noch ein paar Pakete zustande gebracht habe – meiner Einschätzung nach habe ich mindestens 25 davon allein gepackt! (Nicht, dass das irgendwie wichtig wäre, aber vielleicht führst du im Himmel ja doch Buch darüber ...)

Donnerstag, 24. Oktober

18.00 Uhr. Manche Leute haben echt eine seltsame Art von Humor! Heute in der Pause haben mich alle möglichen Leuten von oben bis unten angesehen und dann schallend gelacht! War total verunsichert und verkrümelte mich die letzten fünf Minuten der Pause aufs Klo, wo ich versuchte, rauszukriegen, was an mir denn so furchtbar komisch aussieht. Leider sah ich erst nach der Pause, dass mir irgendein Idiot einen Zettel auf den Rücken geklebt hat, auf dem stand: „Habe vor, einen Schönheitswettbewerb in der Schule zu gewinnen! Bitte seht mich genau an und merkt euch mein Gesicht, damit ihr dann für mich stimmen könnt!"

Sehr witzig! Frag' mich echt, wer auf so einen Schwachsinn kommt ...!

Gleich muss ich zum Chor. Wird bestimmt mal ganz angenehm, denn die Nervensäge Christian kommt bestimmt nicht wieder nach dem Streit beim letzten Mal!

22.00 Uhr. Das war vielleicht was heute! Schröder kam überhaupt nicht, der ist nämlich gestern Morgen mit dem Fahrrad gestürzt und hat sich ein Bein ganz kompliziert gebrochen, der Ärmste. Dafür kam Christian, den Schröder - man höre und staune - angerufen hat, um uns Bescheid zu sagen, dass das Musical nun ausfällt, weil er mindestens fünf Wochen im Krankenhaus bleiben muss! Und dann wäre die Zeit zum Üben zu kurz. Aber Christian hat gesagt, dass er gut nachfühlen kann, was der arme Schröder jetzt durchmachen muss, weil er ja vor fünf Jahren selbst mal mit dem Fahrrad gestürzt sei (ich fürchtete schon, dass er nun wieder mindestens drei Stunden über die „psychischen Spätfolgen seines dramatischen Unfalls" erzählen würde, bei dem ihm - nebenbei gesagt - im Prinzip gar nichts passiert ist, aber er sprach tatsächlich nur zehn Minuten und 33 Sekunden darüber - ich hab's gestoppt!); dann meinte er, wir seien es dem guten Schröder schuldig, sein

Musical einzuüben, und er werde provisorisch die Leitung des Chors übernehmen, bis Schröder wieder fit ist (das sieht ihm ähnlich, diesem arroganten Wichtigtuer). Allerdings sollten wir Schröder kein Wort davon verraten, es soll eine Überraschung sein. Muss zugeben, dass die Chorstunde echt Spaß machte, vor allem, weil Christian alle „unpassenden Oberstimmen" herausstrich oder verbesserte und es sich zum ersten Mal richtig toll anhörte. Das muss man diesem Schnösel ja lassen, musikalisch hat er echt was drauf! Dagegen ist Schröder wirklich der reinste Anfänger. Sogar Herr Kamerau war glücklich (er darf jetzt Josef spielen, der Wirt wurde gestrichen) und alles lief richtig gut. Frau Süßmilch ließ sich von Christian mit der Behauptung trösten, die Wirtin sei ja die eigentliche Hauptrolle des Stückes, die durch den Wegfall des Wirtes nur noch mehr hervorgehoben würde. Sie machte dann den Vorschlag, die Rolle der Wirtin noch um etwa vier Seiten Text auszubauen, doch das lehnte Christian glücklicherweise ab (Frau Süßmilch hatte allen Ernstes vor, eine Szene hinzuzufügen, bei der sie dem armen Josef bei der Geburt hilft und Josef sie hinterher zum Dank in den Arm schließt. Daraufhin protestierte Herr Kamerau sofort, dass solch eine Szene zutiefst unbiblisch, ja geradezu ketzerisch sei.). Also, im Grunde war es echt nicht übel. *Danke, Gott! Du überraschst mich immer wieder! Bitte lass das mit dem Musical was werden!*

Freitag, 25. Oktober

Irgendwie verändert sich Sascha ganz schön. Oder ich verändere mich. Seit er wieder fit ist (er durfte gestern nach Hause zu seiner Gastfamilie, soll sich aber noch drei Wochen schonen und nicht zur Schule), ist es nicht mehr so wie früher. Sascha scheint mich gar nicht mehr so zu verstehen und sich für unsere Gemeinde, unsere Schule und das alles zu interessieren ... Ich habe fast den Eindruck, dass er mich gar nicht mehr vermisst - und ich ihn eigentlich auch nicht. Es ist so, als ob wir uns irgendwie auseinander leben ... *Gott, das macht mir etwas Angst! Ich meine, wegen diesem USA-Aufenthalt wird doch unsere Freundschaft wohl nicht kaputtgehen, oder?*

Samstag, 26. Oktober

18.00 Uhr. Komme gerade vom Herbstmarkt bzw. unserer Aktion dort. War gar nicht so übel (abgesehen von einigen Peinlichkeiten). Wir haben insgesamt 156,80 Euro für WiS eingenommen! (Davon wollen wir hauptsächlich Transportkosten bezahlen, weil viele Leute kein Geld dafür mitgegeben haben.) Daniela hat ganz tolle selbst gemalte Aquarelle verkauft, Anja verkaufte Fensterbilder, Ottmar trennte sich sogar von ein paar alten Schallplatten, die er irgendeinem Wahnsinnigen zu einem Wucherpreis als „ganz seltene Exemplare" andrehte, und der Rest unserer Leute verkaufte wie ich Flohmarktsachen. Matthäus Bartens verkaufte Bücher mit Titeln wie „Das Heil, des wir harren" oder „Die Heilsgeschichte – verständlich erklärt für Knaben und Mädchen", die er als „wirklich segensreiche Bücher" anpries. Echt peinlich – aber wenigstens hat er nicht gleich jedem eine Gebetsgemeinschaft aufgedrängt, der sich an seinen Stand verirrte, und er hielt auch keine seiner berüchtigten „Spontan-Andachten", was ich ihm echt hoch anrechne! Dafür hat Frau Rittmann ein paar „einführende Worte" zu den Liedern gesagt, die sie dann mit den Wichteljungscharkids sang – die Kleinen waren allerdings so aufgeregt und Frau Rittmann war von ihren „einführenden Worten" schon so heiser, dass man von den Sängern so gut wie nichts verstand

... war ziemlich erleichtert darüber! Neben Matthäus hatte Christian seinen Stand: Er verkaufte heute die ersten Exemplare seines Buches „Tomaten für die Liebe". Er hat mir auch gleich ein Exemplar geschenkt, was ich eigentlich ganz nett fand (habe es sofort in meiner Handtasche versteckt, damit es keiner sieht und am Ende noch glaubt, dass ich so einen Schrott lesen könnte ...). Und als ob sein komisches Buch nicht schon schlimm genug wäre, hatte er auch noch einen Riesenstand mit selbst gefertigten Kunstwerken aufgebaut, was auf den ersten Blick wie eine große Müllhalde wirkte (ein Polizist machte ihn sogar an, er könne hier nicht einfach seinen Müll rumschmeißen – daraufhin musste sich der arme Kerl erst mal eine halbe Stunde einen Vortrag über „moderne Kunst" anhören). Da verkaufte Christian zum Beispiel ein paar alte zusammengeschweißte (total verrostete) Motorteile, die er mit Stoffresten umwickelt hatte, mit der Aufschrift „Aufruhr der Gefühle"! Oder sein mit christlichen Aufklebern(!) voll geklebter Pappkarton, auf den er kleine kaputte Flummis geklebt hatte, mit dem Namen „göttliche Weltheilung"! Wollte ihm gerade vorschlagen, sich mit seinen komischen Ständen an das andere

Ende des Herbstmarktes zu platzieren, damit „wir auch die Menschen erreichen, die nicht hier langkommen" (eigentlich natürlich, damit niemand auf die Idee kommen könnte, dass dieser sonderbare Typ zu unserer Gemeinde gehört), als ausgerechnet mein Kunstlehrer, der blöde Scherer, auf Christian zukam (versuchte schnell, mich hinter Coffee zu verstecken, aber leider ist Coffee kleiner als ich ...). Zu meinem Erstaunen begrüßte er ihn mit den Worten: „Ja, Herr Heinemann, das ist ja eine schöne Überraschung, Sie mal wieder zu treffen! Und wie ich sehe, haben Sie auch einige Ihrer wundervollen Kunstwerke dabei! Ich bin immer wieder so beeindruckt von Ihrem Kunstverständnis!" Dann haben die beiden fast eine halbe Stunde über Kunst gefaselt, und Christian hat Scherer zum Schluss tatsächlich seinen „Aufruhr der Gefühle" angedreht – und sein komisches Buch! Schwer zu glauben, dass Schüler in Deutschland von dermaßen abgedrehten Typen wie Scherer unterrichtet werden dürfen ...! Scherer war übrigens ziemlich erstaunt, dass Christian zur gleichen Gemeinde gehört wie ich. Hoffe, das bringt mir bei ihm ein paar Pluspunkte ein ... Manchmal ist Christian vielleicht doch ganz nützlich. *Danke, Gott, dass du auch solche ... merkwürdigen Leute wie Christian gebrauchen kannst! Und danke, dass wir so viel Geld zusammengekriegt haben (mein Stand hat, glaube ich, 16, 25 Euro eingebracht)!*

19.00 Uhr. Ich könnte Christian auf der Stelle den Hals umdrehen (natürlich nicht wirklich, als Christ darf man das ja nicht)! Was fällt diesem Vollidioten ein, auf die erste Seite seines Buches ganz groß als Widmung zu schreiben: „Dieses Buch widme ich meiner wunderbaren Freundin und Glaubensschwester Paula Kiepkuhl zum Dank für ihre große Hilfe bei der Entfaltung dieser wunderschönen Geschichte"? Hat der sie noch alle????

Erstens bin ich nicht seine Freundin, zweitens möchte ich nicht mit diesem Typen in Verbindung gebracht werden, und drittens hätte ich ganz sicher nie dazu beigetragen, dass er so eine schwachsinnige Geschichte zu Papier bringt!!!

Hoffe, dass (außer Scherer) niemand diesen Schrott gekauft hat!

Gott, was habe ich bloß verbrochen, dass du mich mit solchen abartigen Mitmenschen strafen musst?!?

Sonntag, 27. Oktober

17.00 Uhr. War heute Morgen nach langer Zeit mal wieder im Gottesdienst. Pastor Gunter tut mir irgendwie Leid, weil immer so wenig Leute kommen. Heute war mal ein neuer Organist da, da unser Organist im Moment im Urlaub ist. Dieser neue Organist war echt eigenwillig: Statt nur die angeschlagenen Strophen spielte er immer *alle* Strophen der angegebenen Lieder. Das wäre nicht weiter schlimm gewesen, wenn es nicht ausgerechnet die folgenden Lieder gewesen wären: „Wach auf, wach auf" (10 Strophen), „Wach auf, du Geist der ersten Zeugen" (8 lange Strophen), „Jesu, der du bist alleine" (9 Strophen) und „Oh, dass doch bald ein Feuer brennte" (9 Strophen - dieses Lied nennt Jürgen übrigens immer „das Lied der Pyromanen" ...). Auch die Zwischenrufe von Pastor Gunter wie „Bitte aufhören!!" änderten daran nichts. Vermutlich ist dieser Organist schwerhörig. Dem armen Pastor blieben exakt zwei Minuten für seine Predigt, da er nach diesem Gottesdienst gleich noch in der Nachbargemeinde predigen musste und daher den Gottesdienst nicht überziehen konnte. Irgendwie konnte er einem schon Leid tun. Vor allem, als ihm einige Kirchenbesucher beim Rausgehen versicherten, dies sei die beste Predigt gewesen, die er seit langem gehalten hat! Zugegebenermaßen war es immerhin die einzige, die ich mir fast vollständig merken konnte. Es ging um die zehn Aussätzigen. Glaub' ich jedenfalls ...

(Hörte, wie der Organist hinterher zu Pastor Gunter meinte, das wäre ja mal ein richtig schöner Gottesdienst gewesen, nur die Kirche sei so klein, dass die Orgeltöne gar nicht so richtig zur Geltung kämen, weil die Akustik so schlecht sei, und ob die Kirche nicht viel zu klein sei für so ein großes Dorf. Darauf meinte Pastor Gunter: „Wenn alle reingehen, gehen nicht alle rein. Aber wenn nicht alle reingehen, gehen alle rein. Und es gehen nicht alle rein, also gehen alle rein!" Darauf ist der Organist kopfschüttelnd davongegangen ...)

22.00 Uhr. Die Predigt von Herrn Klein in der Gemeinschaftsstunde war heute echt gut. Es ging um die Geschichte von der armen Witwe, die nur ein paar kleine Münzen (umgerechnet nicht mal einen Euro) in den Opferkasten wirft, während ein Reicher ganz viel Geld einwirft, möglichst so, dass alle es sehen. Aber Jesus lobt natürlich nur die Witwe, die alles, was sie hatte, aus Liebe gegeben hat, anstatt sich wie dieser reiche Schnösel mit einem „Almosen" bei allen wichtig machen zu wollen. Herr Klein meinte dazu, dass man, wenn man etwas für andere tut, das nicht machen soll, um vor den Leuten gut dazustehen. Er sagte zum Beispiel: „Stellen Sie sich vor, es soll Leute geben, die sich genau merken, was sie für andere investiert haben; und sie achten ganz genau darauf, dass auch alle anderen es bemerken, als würde Gott darüber Buch führen und uns nach der Größe unseres Opfers bewerten. Dabei kommt es doch gar nicht darauf an, denn bei Gott zählen ganz andere Maßstäbe. Die arme Frau gab Gott einfach aus Liebe alles, was sie hatte, während dieser reiche Mann nur vor den Leuten als besonders großzügig dastehen wollte. Aber Gott sieht nicht auf die Gabe, sondern auf die Geber - auf unsere Motivation. Geben wir aus Liebe zu Gott und unseren Mitmenschen - oder um uns selbst in ein besonders gutes Licht zu rücken? In Matthäus 6, 3 sagt Jesus, dass unsere linke Hand nicht wissen soll, was die rechte tut; das heißt: Wer etwas Gutes tun will, tue es nie um seiner selbst willen!"

Fühlte mich irgendwie total angesprochen. Sah mich im Geiste am Opferkasten stehen und 30 WiS-Pakete abgeben und zu umstehenden Leuten sagen „Hier, die habe ICH ALLE ALLEIN gepackt!“, während Christian eine Wagenladung voll Pakete wortlos in einen Nebenraum bringt und dann gleich wieder verschwindet, damit niemand sieht, dass *er* die Pakete gebracht hat. Kam mir irgendwie echt mies vor.

Gott, du hast es wirklich nicht leicht mit mir. Bitte vergib mir, dass ich immer so blöd bin und will, dass mich alle Leute toll finden und so ... war doof von mir! (Aber warum ist Christian jetzt schon ein besserer Christ als ich ...? Das ist doch voll unfair!)

Montag, 28. Oktober

Machte heute Nachmittag noch mal ordentlich Werbung für WiS in Apotheken, Banken usw. Bekam sogar noch einiges zusammen! Als ich zwischendurch in einer Imbissstube Pause machte, hörte ich, wie ein Mädel einem anderen erzählte: „... Der ist echt total super! Wann immer ich ihn brauche, ist er für mich da, auch mitten in der Nacht. Ich kann ihm alles erzählen und er hört mir zu. Und es nervt ihn auch nicht, wenn ich bei ihm zum tausendsten Mal mit demselben Problem angekleckert komme! Und egal, was ich für Mist baue, er verzeiht mir immer wieder! Selbst wenn ich mich mal 'ne Zeit lang nicht um ihn gekümmert habe, selbst wenn ich zu Unrecht sauer auf ihn war, wenn ich vor anderen gesagt habe, dass ich gar nicht zu dem gehöre – selbst dann konnte ich immer wieder zu ihm zurückkommen und er hat mir verziehen und das nicht nachgetragen! Der kennt mich so gut wie kein anderer – samt aller meiner Macken – und trotzdem liebt er mich mehr als jeder andere. Das ist einfach irre! Der tut alles für mich, der hält auch dann noch zu mir, wenn keiner mehr zu mir hält! Er ist einfach der beste Freund, den man sich vorstellen kann!" Dachte gerade, dass Sascha nicht so ist (Sascha ist oft sehr nachtragend, und es nervt ihn total, wenn ich ihm immer wieder dieselben Problemchen erzähle), dass ich auch gerne so einen Freund hätte und ob es so einen Freund überhaupt gibt, da sagte das Mädel: „Wirklich, du kannst mir glauben, GOTT ist der beste Freund, den man haben kann!" ... *Manchmal bin ich wirklich blind, Gott, was? Tut mir Leid ... Danke, dass du auch mein Freund bist!*

Dienstag, 29. Oktober

17.00 Uhr. Komme gerade von der Wicheljungschar. Frau Rittmann ist echt voll daneben, die ist heute einfach nicht gekommen und hat uns so mir nichts, dir nichts im Stich gelassen! Die spinnt doch wohl! Und so was nennt sich „verantwortungsbewusst"! Ha, da kann ich ja nur lachen! Wette, sie hat sich nach der Blamage beim Herbstmarkt nicht mehr hergetraut ...! Da standen wir nun wie die Volltrottel und wussten nicht so recht, was wir mit den Kids anfangen sollten! Schließlich spielten wir mit den Kids eine halbe Stunde „Otti durchkitzeln" (wovon Otti nicht wirklich begeistert war), sangen fünf Lieder (die Kids wünschten sich allen Ernstes auch das Lied „Jesus ist kommen", das Frau Rittmann ihnen beigebracht hat ...!) und erzählten ihnen anschließend noch mal die Geschichte vom „Barmherzigen Samariter". Solche guten, spannenden Geschichten können Kinder ja gar nicht oft genug hören! (Irgendwie waren die Kids aber wohl nicht so ganz bei der Sache; als eine Mutter ihr Kind fragte, was wir heute für eine Geschichte erzählt hätten, meinte der Kleine: „Irgend so was von einem warmherzigen Samurai! War voll langweilig!" Warum schicken Mütter ihre Kinder zu uns, die noch gar nicht in der Lage sind, die einfachsten Geschichten zu verstehen ...?!)

23.00 Uhr. Dankte Gott im Gebetskreis, dass wir beim Herbstmarkt so viel verkauft haben. Erfuhr durch ein Gebet von Herrn Klein, dass Frau Rittmann heute Morgen schlimm gestürzt und mit einigen Rippenbrüchen ins Krankenhaus gekommen ist. *Tut mir echt Leid, Gott, dass ich so schlecht über sie gedacht habe! Bitte mach sie schnell wieder gesund!*

Mittwoch, 30. Oktober

20.00 Uhr. Habe heute nach einem Blick in meinen Kleiderschrank beschlossen, mir endlich mal wieder anständige Klamotten zu kaufen. In der Stadt musste ich dann feststellen, dass sich offenbar die Kleidergrößen geändert haben! Die Kleidergröße 40, die mir immer (zumindest im letzten Jahr) prima gepasst hat, wurde nun offenbar in Größe 44 umgeändert! Das muss einem doch gesagt werden (vor allem, *bevor* man in der Umkleidekabine versehentlich eine Bluse zerreißt ... vielleicht sollte ich doch mal abnehmen)! Aber nicht nur, dass ich die ca. 15 Kleidungsstücke, die ich mir mit in die Kabine genommen hatte, alle wieder zurückhängen musste (was ich schon peinlich genug fand), nein, es kam noch schlimmer! Hatte mir gerade ein – zugegebe-nermaßen etwas freizügigeres – Top anprobiert und stellte mich damit vor einen großen Spiegel, als Herr Bartens mit seinem Sprößling Johannes im Laden auftauchte. Kaum sah er mich, rannte er sofort auf mich zu und legte mir seine Jacke um, um „meine Blöße zu bedecken" und seinem Sohn diesen „schamlosen Anblick" zu ersparen, wie er sagte (so schrecklich sehe ich ja wohl auch nicht aus ...!)! Das war mir so was von peinlich! Vor allem, als dieser Typ mich dann auch noch laut fragte, ob ich nicht dächte, dass mir ein „seelsorgerliches Gespräch" gut tun würde, und er wäre gerne bereit, sich „meiner Seelenprobleme anzunehmen und mir wieder auf den rechten Pfad zu helfen"! Sah zu, dass ich aus dem Laden kam, und war nur froh, dass mich keiner von den anderen Kunden kannte (die sahen mich alle an, als sei ich auf frischer Tat beim Klauen erwischt worden)! Blöder Bartens! Hätte mir das Top so gerne gekauft (muss es ja nicht gerade in der Gemeinschaftsstunde anziehen ...)! Wollte diesen Laden eigentlich nie mehr in meinem Leben betreten – stellte dann aber leider im nächsten Laden an der Kasse fest, dass ich in eben jenem Geschäft mein Portmonee vergessen hatte (peinlich!)! Musste die zwei tollen Pullover, die ich mir unbedingt kaufen wollte, also dort lassen. Lief dann wieder zurück und sah durchs Schaufenster, ob die Bartens immer noch diesen Laden belagerten (wollte ihnen auf keinem Fall noch einmal über den Weg laufen). Leider war dem so. Erst kurz vor 18.00 Uhr kamen sie endlich raus (sie hatten die arme Verkäuferin offenbar noch in ein „missionarisches Gespräch" verwickeln können ...), und ich sauste rein, um mein Portmonee zu holen. Die (völlig entnervte) Verkäuferin meinte allen Ernstes zu mir, mein „Vater sei gerade schon gegangen"! Bartens und mein Vater? Lieber würde ich vom nächsten Hochhaus springen (wie Herr Ebalt sich ausdrücken würde)! Als ich dann endlich bei dem anderen Geschäft ankam, hatten die schon geschlossen! Eines Tages werde ich diesen Bartens ...!

Gott, warum muss dieser Kerl mir immer alles versauen? Kann der nicht zur Abwechslung mal andere Leute nerven? Das ist echt nicht fair!!

22.00 Uhr. Bin immer noch total geschockt. Vorhin kam Mama ins Zimmer und sagte mir, dass Tante Olga heute Nacht an einem plötzlichen Herzstillstand gestorben ist! Kann das immer noch nicht ganz glauben! Auf ihrem Geburtstag vor gut einer Woche wirkte sie noch so lebendig und gesund! Auch wenn ich Tante Olga nie sonderlich gut leiden konnte, irgendwie ist es schon komisch, dass sie nun nicht mehr da sein soll ... Plötzlich fiel mir ein, dass Tante Olga an ihrem Geburtstag immer wieder gesagt hat, sie „wolle alle noch mal sehen" - als ob sie geahnt hat, dass sie nicht mehr lange leben würde! Hm ... Am Samstag ist die Beerdigung. Mir ist richtig mulmig zumute, wenn ich daran denke ...

Gott, irgendwie tut es mir Leid, dass ich so oft so mies über Tante Olga gedacht habe! Sie hat ja auch viel Gutes getan, zum Beispiel ... hat sie uns nie mehr als drei Wochen hintereinander besucht! Und sie hat auch nie was geklaut oder jemanden so richtig verprügelt (jedenfalls nicht, soweit ich weiß) ... Ob sie im Himmel immer noch an allem rummäkelt und überall ihren Senf dazu gibt? Hm ...

Donnerstag, 31. Oktober

Habe den ganzen Tag viel über Tante Olga nachgedacht, und mir sind ein paar Sachen eingefallen, die wirklich gut an ihr waren: Zum Beispiel hat vor zwei Jahren mal ein Mädchen, das mit mir zusammen im Krankenhaus lag, durch sie zum Glauben an Jesus gefunden! Und als im letzten Jahr mein Fahrrad kaputtging, da hat sie mir einfach so mal 200 DM (damals gab es ja den Euro noch nicht) für ein neues Fahrrad geschenkt, als ich ihr sagte, dass ich ohne Rad nicht mehr pünktlich zu den Gottesdiensten kommen und so sicher immer die Predigt verpassen würde! Das war echt toll ... *Gott, ich glaube, sie wird mir fast ein bisschen fehlen ...*

22.00 Uhr. Chor war richtig gut! Das Musical macht jetzt total Spaß!! Hätte nie gedacht, dass dieser Blödian Christian so ein genialer Chorleiter ist! Von mir aus könnte er Schröder ruhig ganz ablösen!

Am Samstag wollen wir Schröder im Krankenhaus besuchen und ihm zwei Lieder vorsingen – das heißt, ich kann ja nicht mit, weil ich zu Tante Olgas Beerdigung muss (was mir auch ganz recht ist, um ehrlich zu sein – ich mag Krankenbesuche nicht so sonderlich gerne ...).

Freitag, 1. November

16.00 Uhr. Eben kam Frau Krein vorbei und gab mir eine große Tüte voll Sachen für WiS. Sagte zu ihr: „Das ist ja nett! Ich dachte schon, Sie hätten das längst vergessen!" Darauf sie: „Nein, *ich* bin nicht vergesslich!!" Hätte ihr am liebsten erklärt, dass ich mir ihre blöden Geschichten nur mindestens 15mal angehört habe, weil ich dachte, dass *sie* die immer vergessen hätte. Aber da sie dann vielleicht mitsamt ihrer Spende beleidigt wieder abgezogen wäre, ließ ich es bleiben.

17.00 Uhr. Hätte ich Frau Krein bloß erklärt, dass ich sie für vergesslich halte ...! In der Tüte ist nur Schrott: Uralte Klamotten, die noch aus dem Mittelalter stammen müssen, ein unvollständiges Tee-Service, ein paar potthässliche Porzellanfiguren und ein paar Wollreste in Farben, die so scheußlich sind, dass ich mir daraus nicht mal Topflappen häkeln würde. Als ich Mama den ganzen Kram zeigte und sie fragte, was ich damit machen soll, grinste sie: „Gib es doch diesem Christian, dann hat er wieder Material für neue Kunstwerke!" Die Idee ist gar nicht so schlecht ... Werde das Zeug gleich mal zu ihm bringen!

20.00 Uhr. Mamas Idee war echt nicht schlecht! Als ich zu Heinemanns kam (die übrigens in einer absoluten Traumvilla wohnen! Die müssen echt steinreich sein!), war Christian gerade in seinem „Atelier" (das erwartungsgemäß aussah wie eine Müllhalde) damit beschäftigt, eine „Skulptur" aus Jogurtbechern, Plastiktüten und Stofffetzen zu entwerfen. Als er mich fragte, wie ich dieses Gebilde nennen würde, sagte ich: „Vielleicht ‚Überreste einer Party'!" Daraufhin lachte er gekünstelt und sagte: „Ach Paula, ich liebe deinen Humor! (Welchen Humor?) Nein, es soll ‚Gottes Wirken in der Gemeinde' heißen!" Wollte ihm gerade sagen, dass er sich damit mit Sicherheit einen Vortrag von Herrn Bartens über Gotteslästerung einhandelt, als mir einfiel, dass ich ja mein Zeugs bei Christian loswerden wollte. Verbiss mir also die Bemerkung und gab ihm die Sachen von Frau Krein und „schleimte" noch ein bisschen rum von wegen, dass er der genialste Chorleiter aller Zeiten ist, damit er mir diesen Kram auch abnahm – daraufhin gab mir dieser Verrückte 150 Euro (!) für dieses „äußerst wertvolle Material"! Wow! Damit kann ich noch einige WiS-Pakete packen!

Danke, Gott, dass es so bekloppte Menschen wie Christian gibt!

Samstag, 2. November

19.00 Uhr. Heute Nachmittag war Tante Olgas Beerdigung. War echt erstaunt, wie viele Leute gekommen sind (war genauer gesagt erstaunt darüber, dass *überhaupt* Leute zu ihrer Beerdigung gekommen sind. Schätze, es waren auch etliche darunter, die kamen, um sicher zu sein, dass Tante Olga nun auch wirklich tot ist ... *Sorry, Gott, das war jetzt ein bisschen fies, aber ich glaube trotzdem, dass ich Recht habe.).* Der Pastor sagte in seiner Ansprache dann, dass wir Tante Olga ja im Himmel wieder sehen, wo der Herr für uns alle „viele Wohnungen bereitet" hat *(Gott, wenn's geht, lass mich dann dort nicht ausgerechnet neben Leuten wie Tante Olga, Christian oder Herrn Bartens wohnen ...!).*

Was mich echt erstaunte, war, dass plötzlich alle Leute nur Gutes über Tante Olga sagten, als wäre sie Mutter Teresa persönlich gewesen. Dabei haben sonst alle immer nur über sie geschimpft! Schon merkwürdig, dass Menschen offenbar erst gut werden, wenn sie tot sind ... Ich wette, Tante Olga hätte sich tierisch gefreut, wenn man ihr all die netten Komplimente, die man ihr auf der Beerdigung gemacht hat, mal zu Lebzeiten persönlich gesagt hätte (*Ich* hätte das bestimmt gemacht, wenn mir da mal was Nettes eingefallen wäre ...!). Nico (der auch von der Bibelschule aus gekommen war) meinte, dass sie dann vielleicht sogar weniger griesgrämig gewesen wäre. Hm, wer weiß ...?

Sonntag, 3. November

Da Mama und Paps noch jede Menge in Tante Olgas Haus erledigen mussten, haben wir heute dort übernachtet. War irgendwie komisch, jetzt, wo Tante Olga nicht mehr da war. Keiner, der einem vorm Schlafengehen noch zehnmal sagt, dass man nicht vergessen darf, das Licht im Flur wieder auszumachen, wenn man nachts aufs Klo geht (die Einzige, die nachts aufs Klo muss, war übrigens Tante Olga – und sie hat eigentlich *immer* vergessen, das Licht wieder auszuschalten ...).
Heute Morgen sind Nico, Paps und ich dann nach dem Frühstück zurückgefahren (Mama blieb noch da, um wichtige Sachen zu erledigen), weil ich ja morgen wieder zur Schule muss.

Montag, 4. November

Habe heute Nachmittag noch mal mit Coffee zusammen ein paar WiS-Pakete gepackt (von den 150 Euro, die ich von Christian bekommen habe). Coffee meinte, dass in ihrer neuen Gemeinde und zwei Kirchengemeinden insgesamt schon 114 Pakete gepackt wurden, die sie natürlich dann zu Jürgen gebracht hat! Wow! Bin echt gespannt, wie viele es zum Schluss werden! Ich wette, unsere Sammelstelle hat von allen am meisten gesammelt (Coffee meint, Jürgen hätte gesagt, dass nirgends veröffentlicht wird, wie viele Pakete jede Stelle zusammenbekommen hat ... find' ich irgendwie blöd! Ich meine, wenn jeder sehen könnte, wie toll wir uns engagiert haben, wäre das doch für die anderen bestimmt ein Ansporn, sich nächstes Jahr noch mehr ins Zeug zu legen, oder?).

Dienstag, 5. November

Frau Rittmann konnte heute noch nicht kommen, und ein Junge hat deshalb gefragt, wann die „Oma mit dem Nest auf dem Kopf" (er meinte wohl ihren Dutt) wiederkommt! Wenn das Frau Rittmann gehört hätte ...! Wo die doch ihrer Ansicht nach noch so „unglaublich jugendlich" aussieht!

Irgendwie war das richtig toll, mal wieder allein die Wichteljungschar zu leiten. Aus christlichem Anstand haben wir die Kids sogar ein paar Bilder für Frau Rittmann malen lassen, die Daniela ihr heute noch vorbeibringen wollte. Eigentlich müsste ich sie ja auch mal im Krankenhaus besuchen –

und Herrn Schröder auch. Habe aber irgendwie absolut keine Lust dazu ... *Gott, meinst du nicht, dass es besser ist, jemanden nicht zu besuchen, als ihn zu besuchen, wenn man das im Grunde gar nicht will? Ich meine, das wäre dann ja Heuchelei, und gegen Heuchelei hast du doch was, oder?*

18.30 Uhr. Eben rief Daniela an, weil sie vergessen hatte, mir zu sagen, dass Christian vorgestern in der Gemeinschaftsstunde alle vom Jugendkreis, die bei WiS mitgeholfen haben, noch mal zum Chinesen eingeladen hat, am Samstag um 19.30 Uhr. Sagte sofort ab (so eine Blamage tue ich mir nicht noch mal an!). Doch dann meinte Dani, dass Matthäus Bartens schon bedauernd erklärt hätte, er könne leider nicht kommen, weil er zu irgendeinem Geburtstag muss. Hm, vielleicht sollte ich mir das dann doch noch mal überlegen ... (Frau Rittmann hat sich wohl sehr über die Bilder gefreut und gefragt, ob wir ohne sie denn überhaupt zurechtgekommen seien ...! Was bildet die sich eigentlich ein?)

22.00 Uhr. Betete heute beim Gebetskreis inbrünstig darum, dass Gott Herrn Schröder und Frau Rittmann möglichst schnell wieder gesund macht. Hoffe, sie kommen nach Hause, bevor ich überhaupt noch die Möglichkeit habe, sie zu besuchen ...

War total erschrocken, als Herr Bartens plötzlich betete: „Herr, bitte zeige uns, wie wir unsere Kinder umlegen können!" Dachte ich höre nicht richtig und fürchtete schon, Herr Bartens könnte plötzlich wahnsinnig geworden sein und jeden Moment mit einer mitgeschmuggelten Pistole Amok laufen! Zum Glück betete er dann weiter: „Du weißt ja, dass sich Johannes und Lukas dauernd streiten, wer der Demütigste von ihnen ist, aber mit Matthäus und Markus verstehen die beiden sich momentan auch nicht so besonders. Zu denen können wir also keinen von ihnen legen. Und zu Pua ins Zimmer können wir die Jungen ja auch schlecht legen, Herr! Bitte zeige uns, wie wir unsere Kinder richtig umlegen können, damit es keinen Streit mehr gibt!" War einigermaßen beruhigt. War allerdings auch sehr verwundert, dass es in dieser hochheiligen Familie überhaupt so etwas wie Streit gibt! In solchen Momenten kommt mir immer wieder der Gedanke, dass die Bartens vielleicht doch richtige Menschen sein könnten ... *(Danke, Gott, dass selbst die nicht perfekt sind!)*

Mittwoch, 6. November

Ich glaube, ich gehe doch hin. Zum Chinesen, meine ich. Christian ist wohl momentan auch weder erkältet noch sonst irgendwie krank (habe ihn vorsichtshalber angerufen, woraufhin ich mir drei Stunden lang sein Gelaber über sein Kunstwerk anhören musste, das er mit Frau Kreins Sachen gebastelt und „Der wahre Weg der Erkenntnis" genannt hat ...!). Dann kann ja eigentlich nichts Schlimmes mehr passieren, oder?

22.00 Uhr. Eben kam Paps ganz sauer rein und hielt mir die neueste Telefonrechnung unter die Nase. Leider bekommt er auch immer eine genaue Auflistung der Gespräche mitgeliefert. Dann meinte er in einem ziemlich wütenden und eines Christen reichlich unwürdigen Ton: „Könnte es zufällig sein, dass du in unserer Abwesenheit öfter mal etwas ausführlicher mit Sascha telefoniert hast?" Sagte, dass das doch immer noch billiger sei, als wenn ich hingeflogen wäre und in einem 5-Sterne-Hotel übernachtet hätte. Aber irgendwie zog dieses Argument bei ihm nicht. Er ließ sich noch nicht einmal mit dem christlichen Argument beruhigen, nicht immer nur nach dem „schnöden Mammon" zu schielen. Manchmal ist er echt kleinlich! Ist doch wahr! Die paar hundert Euro ...

Donnerstag, 7. November

17.00 Uhr. Mussten heute in Religion einen Aufsatz zum Thema „Fehlentscheidungen" schreiben, den Frau Ulan dann eingesammelt hat, um sich das Ganze zu Hause durchzulesen – solche seltsamen Einfälle hat sie ja manchmal. Wusste erst nicht, was ich schreiben sollte. Doch dann kam mir der geniale Gedanke, in diesem Aufsatz endlich zuzugeben, dass ich ihr damals diese Liebesbriefe geschrieben habe, damit sie den armen Ebalt in Ruhe lässt, dem sie immer noch hinterherläuft. Schrieb also, dass man oft Fehlentscheidungen trifft, obwohl man es eigentlich gut meint. Dass ich z.B. mal meiner Religionslehrerin Frau Ulan Liebesbriefe in der Handschrift eines anderen Lehrers zugespielt habe in der Hoffnung, dass sie sich dadurch glücklicher und einfach besser fühlt und nicht mehr dauernd nur meckert, rumnervt und herumläuft, als würde es kalten Kaffee regnen. Und dass das wohl eine Fehlentscheidung war, weil sie das Ganze total falsch aufgefasst hat und dann ständig einem Kollegen nachgelaufen ist, der ja gar nichts damit zu tun hatte, und so weiter ... Denke, dass Frau Ulan jetzt endlich kapiert, was Sache ist.

Danke, Gott, dass mir diese geniale Idee gekommen ist!

23.00 Uhr. Habe Sascha am Telefon von meinem Aufsatz erzählt. Er fragte mich daraufhin völlig entsetzt, ob ich wirklich geschrieben hätte, dass sie immer nur rummeckert, etc. Dann meinte er, dass sie das in eine totale Sinnkrise stürzen könnte, weil sie dann glaubt, dass sie vermutlich niemand leiden kann! Finde, Sascha übertreibt total ... Der versteht doch gar nicht mehr, was sich bei uns hier abspielt! Vor allem, wie der arme Ebalt unter Frau Ulan leidet! Überhaupt habe ich immer mehr das Gefühl, dass Sascha und ich gar nicht mehr richtig zusammenpassen ...

Gott, Sascha hat doch nicht Recht, oder??

Freitag, 8. November

Fürchte, Sascha hat vielleicht doch Recht ... Frau Ulan ist ja so sensibel!! Heute war sie nicht in der Schule, angeblich weil ihr Vater gestorben ist und sie zur Beerdigung musste oder so ... Hoffe, das stimmt, und sie hat sich nicht am Ende etwas angetan ...!

Gott, bitte lass sie meinen blöden Aufsatz aus irgendeinem Grund verlieren! Bitte!!!

Samstag, 9. November

23.00 Uhr. Komme gerade vom Essen beim Chinesen. War eigentlich ganz gut. Etwas peinlich wurde es nur, als Christian beim Bezahlen den Rechnungsbetrag wieder um drei Cent „aufrundete" mit der Bemerkung: „Wo Ihr Chef Christ ist, möchte ich diesen Laden gerne unterstützen. Wir Christen müssen ja zusammenhalten!" Da sagte der Ober ganz verwundert: „Oh, Sie sind sehl gloßzügig, mein Hell, abel unsel Chef ist kein Chlist, el ist übelzeugtel Buddhist!" Sahen uns alle etwas betreten an und versprachen uns wortlos, unserem Gemeindekassierer Herrn Krahl lieber nichts von dieser unerwarteten Erkenntnis zu erzählen, nachdem wir in den letzten zwei Jahren mindestens viermal vom Jugendkreis aus auf Gemeindekosten asiatisch essen gegangen waren mit der Begründung, dass man einen „Glaubensbruder" doch schon aus christlichen Gründen finanziell unterstützen muss ... Peinlich, peinlich ...

Gott, bitte gib, dass dieser Restaurantchef sich noch bekehrt, damit unsere Begründung wenigstens nachträglich stimmt (und natürlich auch, damit er mal in den Himmel kommt)!!

Sonntag, 10. November

14.00 Uhr. Eben rief Coffee an. Gleich will sie mich abholen, und dann wollen wir uns mal wieder einen richtig schönen Tag machen! Freue mich schon drauf! Werde auch mein Tagebuch mitnehmen, um ihr all die Ereignisse der letzten Zeit mal vorlesen zu können ... (Hoffe nur, dass Christian, die Bartens oder sonst ein abgedrehter Typ uns nicht wieder in die Quere kommt ...)

Montag, 30. Dezember

Hatte mein Tagebuch in einem Café vergessen, in dem ich mit Coffee war, und bekam es erst heute dort wieder, als Coffee und ich noch einmal dort essen waren (hatte leider keine Ahnung, wo ich das Tagebuch verloren haben könnte, sonst hätte ich es mir natürlich schon früher wiedergeholt! Vor allem, weil der Ober so seltsam gegrinst hat, als er es mir gab ...).

Irgendwie ist es ein bisschen blöd, jetzt einfach so weiterzuschreiben – mit so einer großen „Zeitlücke". Ich glaube, ich höre deshalb einfach auf mit Tagebuchschreiben. Nur ein paar Sachen möchte ich der Vollständigkeit halber noch erwähnen:

1. Wir haben für unsere WiS-Aktion letztendlich 467 Schuhkartons zusammen-

bekommen!! Das war echt ein erhebender Augenblick, als die Kartons dann von einem LKW-Fahrer im Auftrag von „Samaritan's Purse" abgeholt wurden (meine Freude wurde allerdings ein bisschen durch die Bemerkung des Fahrers geschmälert, der behauptete, er habe einen Tag vorher aus einer Gemeinde 634 Kartons abgeholt! Bin mir im Nachhinein aber sicher, dass die sich um mindestens 200 verzählt haben müssen! Wer könnte sich schließlich schon mehr engagieren als wir?).

Nur Matthäus war etwas enttäuscht, dass der Fahrer keine Zeit mehr für seine „Reiseandacht" hatte, die er dann (vermutlich aus Rache oder so) in eine „spontane Dankandacht" umwandelte und uns Jugendkreisleuten hielt ...!

2. Das Musical zu Weihnachten wurde ein voller Erfolg - dank Christians großartigen Einsatzes! Der Typ ist musikalisch einfach Spitze, das muss man ihm lassen - auch wenn er einem sonst wahnsinnig auf den Keks geht! Herr Schröder hat vor Überraschung und Rührung sogar geheult und kam hinterher auf die Bühne, um zu erklären, dass er sich sehr freuen würde, wenn Christian seine Nachfolge als Chorleiter antreten würde (allerdings erst in so zwan-

zig Jahren ...)! Fand ich echt stark, vor allem, weil ich weiß, wie viel Herrn Schröder sein Chor bedeutet.

3. Christians Buch „Tomaten für die Liebe" wurde ganz gegen seiner Erwartung kein Bestseller. Darüber war er so frustriert, dass er seinen Plan, einen Roman über unsere Gemeinde zu schreiben, glücklicherweise wieder verwarf! Puh, Glück gehabt!

4. Frau Ulan hat sich nichts angetan *(Danke, Gott!),* aber sie war doch etwas betroffen von meinem Aufsatz und hat mich dann mindestens mit zehn Gesprächen à la „Bin ich wirklich so schlimm?" genervt, wobei ich ihr natürlich immer wieder versicherte, dass sie im Grunde die beste und wunderbarste Lehrerin aller Zeiten ist, was sie dann einigermaßen beruhigte. Wenigstens lässt sie Ebalt jetzt zufrieden. Das Einzige, was ich nicht verstehe: Nachdem sie Ebalt alles erklärt hat, war Ebalt irgendwie sauer auf mich, anstatt mir dankbar zu sein, dass ich die ganze Sache aufgeklärt habe! Lehrer sind manchmal wirklich so was von undankbar ...!

5. Frau Rittmann hat die Wichteljungschar aufgeben müssen, weil sie vor zwei Wochen mit ihrem Mann in die Nähe ihrer Tochter gezogen ist. Irgendwie wird sie uns fehlen ...

6. Frau Süßmilch arbeitet weiter daran, Herrn Kamerau „von seiner Einsamkeit zu erlösen". Herrn Kamerau scheint allerdings immer noch die „Erkenntnis" zu fehlen, dass er überhaupt einsam ist.

7. Sascha und ich haben uns - erst mal - getrennt. Wir haben gemerkt, dass wir uns einfach seelisch immer mehr voneinander entfernen und wir wohl dieses „Trennungsjahr" nicht gut durchhalten können. Aber wir bleiben trotzdem gute Freunde und telefonieren immer wieder mal miteinander. Wer weiß, vielleicht kommen wir ja noch mal zusammen, wenn Sascha wieder da ist ... aber ich weiß nicht, ob ich das dann überhaupt noch will. Wie auch immer, es ist wohl die richtige Entscheidung so. Übrigens: Saschas Eltern waren neulich zum ersten Mal in der Gemeinschaftsstunde! Echt stark!

Tja, nun ist dieses Jahr auch schon fast wieder vorbei. Mal sehen, was das nächste bringt. Bin eigentlich ganz froh, dass ich dieses Tagebuch noch geschrieben habe; so können meine Urenkel später mal sehen, wie aufreibend, nervig, hart und genial das Leben ihrer Urgroßmutter war und mit was für verkorksten und ätzenden Mitmenschen ich mich herumplagen musste. Ich schätze, sie werden sich dann nichts sehnlicher wünschen, als mit 17 schon so reif und erwachsen zu sein wie ich.

